著▸▸▸百舌涼一
原案▸▸▸ぼっちぼろまる
イラスト・原案▸▸▸まご山つく蔵
キャラクター原案▸▸▸地下・蟹セロリ

～2度目の稲妻～

真《ま》面《づら》有《ゆう》太《た》
YUTA MADURA
茂木《もてぎ》まどか
MADOKA MOTEGI
河合《かわい》守《まもる》
MAMORU KAWAI
CHARACTERS

落《おと》瀬《せ》
友《とも》成《なり》
TOMONARI OTOSE
ぼっち
ぼろまる
BOTCHI BOROMARU
STREET ATACKER
常《とき》盤《わ》
ひろき
HIROKI TOKIWA
Risin'《らいじん》

CONTENTS

第一部

第二部

おとせサンダー
～2度目の稲妻～

［著者］
百舌涼一

［原案］
ぼっちぼろまる

［イラスト・原案］
まご山つく蔵

［キャラクター原案］
地下・蟹セロリ

HOWL Novels

Published by ICHIJINSHA

この本をお手に取っていただきありがとうございます！
宇宙人SSW《シンガーソングライター》のぼっちぼろまるです。
今回、僕の楽曲「おとせサンダー」を百舌涼一先生に小説化していただきました!!!
嬉し〜。ありがとうございます。
「おとせサンダー」は元々ストーリー性のある歌詞の楽曲でした。
そしてMVによって大きく世界が広がり、
小説がさらに大きな世界へと広げてくれました。
メッセージがたくさん詰まっている、最高なものになりました。
僕たちなりの〝友情・努力・勝利〟を是非楽しんでください！
それでは、このあと僕は出演しますので……またね〜！

——ぼっちぼろまる

「稲妻にうたれました」

初めてデモテープで聴かせていただいたときの衝撃がまさにこれでした。

当然そのまま死にまして、そして蘇り、こうしちゃいられねえと起き上がった勢いで筆を走らせ、ストーリーに少し味付けをさせていただき描き上げた物語を、まさか小説にしていただけるとはまだ信じられないです！

日本中を痺れさせた〝おとサン〟の世界に招いてくださったぼろまるさん、最高の続編を執筆してくださった百舌涼一先生と編集部の皆様、名もなきモブで終わるはずだった級友たちに魂を与えてくれた地下さんをはじめMVチームの皆さん、「とある人」の客演を快諾いただいた蟹セロリさん、そしてすべてのリスナーさんに……心からありがとうございます！

——まご山つく蔵

第一部

OTOSE THUNDER

第一部

初めて

稲妻にうたれました。

死にました。そして、蘇《よみがえ》りました。

もちろん、本当に稲妻にうたれたわけじゃない。でも、そのくらいの衝撃があったんだ。

オレ、落瀬友成《おとせともなり》の人生で間違いなく最大級の衝撃。それは、可憐《かれん》すぎる「あの子」に出会ってしまったこと。

高校入学初日の通学路。あの子は、交差点の右から現れて、オレの目の前を通り過ぎて、左に抜けていった。

その横顔に一目惚《ひとめぼ》れ。「恋に落ちる」って言葉は聞いたことがあったけど、オレの場合は「恋が落ちてきた」感じ。

そこからどこをどうやって学校にたどり着いたのか、記憶が定かじゃない。気づけば、入学式も、クラス分けも、自己紹介も半分終わっていた。オレは自分の番で何を言ったのかすら覚えていなかった。余計なことを口走ってなければいいのだけれど。

「茂木《もてぎ》まどかです。猫が好きです。よろしくお願いします」

(あの子だ⁉)

オレの意識はそこでやっとハッキリした。まさかの同じクラス。あの出会いは、やっぱり運命だったんだ。

「うっわ、めっちゃ可愛《かわい》いな」

右隣から声がした。気づかれないようにオレは、そっと目線だけ右に向ける。緑色の派手な髪色のヤンキーがあの子、まどかちゃんを見てニヤニヤしていた。

(まさか、こいつもまどかちゃんのこと⁉　つか、オレ、もうちゃん付けしてる？)

正直、ひと付き合いが苦手なオレは、女子をちゃん付けで呼んだことなどなかった。自分でもびっくりするくらい自然に「まどかちゃん」と心の中で呼んでしまっていた。

(これも、運命の成せるキセキ？)

そんな都合のいいことを考えていると、今度は左の席から声がした。

「確かあの子、中学時代にモデルにもスカウトされたってウワサあったよな」

(モデル？　すごい！)

でも、あれだけ可愛ければスカウトマンもほっておかないだろう。というか、まどかちゃんに目をつけないスカウトマンなど、もはや存在意義すらない。

今度も、目線だけそっと左の席に向ける。ドクロのワッペン付きのニット帽を被《かぶ》った男子が、机の下でスマホをいじっている。

何かを検索している。きっと【茂木まどか】と打ち込んでるのだ。あの手の動き、間違いない。

(こいつもか)

オレはため息をついた。どいつもこいつも、惚れやすすぎるだろ。オレは完全に自分のことを棚に上げて、そんな不満を漏らしていた。もちろん、口には出さず。

「掃き溜《だ》めに鶴。いや、地獄に仏。いや、地上に舞い降りた天使だ」

それ、意味あってんのかと思えることとわざが背後から聞こえた。こっそり振り返ると、左斜め後ろの席のメガネ男子がぶつぶつとつぶやいていた。

この学校には珍しいガリ勉タイプ。自由な校風で髪も服装もゆるいのが「売り」なのだが、そいつは学生の「お手本」みたいな格好をしていた。

(そんなマジメくんすら、まどかちゃんの虜《とりこ》かよ)

改めて、オレはまどかちゃんの魅力に感嘆していた。まるで、全方位型の「天使の矢」でクラスメート男子のハートを次々と射抜いているようだった。

エンジェルまどかの矢に撃たれたクラスメート。その矢に撃たれた男子たちが、恋敵《ライバル》に姿を変える。

カバンに変なニワトリのキーホルダーを付けてるヤンキーはニワトリ頭に。

ニット帽のスマホ中毒はドクロ頭に。

斜め後ろのガリ勉メガネは電卓頭に。

そんな「怪人」に変身したライバルたちを、オレも変身してやっつける。

オレは雷神をモチーフにしたヒーローキャラ『Ｒｉｓｉｎ’《ライジン》』になっていた。太鼓を背負い、ツノを生やし、電光石火で跳び回る。

くらえパンチ。吹き飛べキック。サンダー落として、おこすぜワンダー。

お気に入りのアーティスト、ぼっちぼろまるが「劇伴《げきばん》」よろしくギターをかきならす。音楽のチカラが、ヒーローになったオレをますます強くする。

オレの考えたキャラ『Ｒｉｓｉｎ’』は無敵のヒーローだ。

愛と勇気が友だちで、困ったひとを見過ごせない。西へ東へ、南へ北へ。どこへだって駆けつけて、必殺技を繰り出して、スカッと笑顔で去っていく。

そう。まるでオレとは真逆のヒーロー。オレの妄想がつくり上げた理想のヒーロー。

「じゃあ、これから一年間、この仲間たちで存分にアオハルしてくれ」

担任の先生の声で、ハッと我に返る。

(アオハルって、ウケる)

オレは心の中で笑った。しかし、これは決して、先生の発言をディスったのではない。笑いは笑いでも「自嘲《じちょう》」ってやつだ。

（オレなんかが青春なんてできるわけがない）

中学の頃からオレはまともに友だちができたためしがない。理由はわかっている。

オレは時々、いまみたいに妄想が暴走して、没入してしまうことがある。

あんなことやこんなことを頭の中で思い描くこと自体は好きだ。それを、漫画というカタチで表現することも。しかし、それが他人にバレてしまうのはよろしくないことだって中学のときに気づかされた。そんなトラウマになりかけている過去を思い出しかけていたとき、オレは声をかけられた。

「落瀬くんだっけ。キミ、ヤバいね」

そこには爽やかなイケメンくんが立っていた。

「え？　オレが？　な、なんで？」

入学初日で「ヤバい」と称されるほどのことをした覚えはない。いや、覚えがないというのがヤバいのかもしれない。実際オレは交差点でまどかちゃんと出会ってから、まどかちゃんの自己紹介を聞くまでの記憶が曖昧《あいまい》なのだ。

「いや、なんでって、自己紹介で『ヒーローになりたいです』はヤバいでしょ。小学生じゃないんだから」

うん、ヤバい。自分でもそう思う。だから、オレは何も言い返さなかった。しかし、逆にそれがよくなかったようだ。

「え？　黙ってるってことは、マジ？　ボケじゃなくて？　ガチヤバじゃん！」

イケメンくんの顔から爽やかなスマイルは消え、代わりに引き気味の表情が現れた。

やってしまった。オレは瞬時に反省した。同時にそれが手遅れであることも察した。

(言え！　いまからでもいいから、『そうそう、ボケでした』って言え！)

しかし、それをオレが言えないことは重々承知していた。それができたら、オレは中学三年間を「ぼっち」で過ごしてなどいない。

「は、ははは」

オレが力なく笑うと、イケメンくんも「は、ははは」と笑いをおうむ返しして、後ずさっていった。どうやら完全に引かれてしまったらしい。

(はあ、これで高校三年間もぼっち決定か)

オレはカバンからイヤホンを取り出して耳に付け、誰にも気づかれないように教室を後にした。

廊下を歩く。教室内からはさっそく友だちになったクラスメートたちがにぎやかに話している声がする。

「なあ、クラスの『グループＦＩＮＥ』つくろうぜ」

さっきのイケメンくんの声だ。

「いいね～」

それに応《こた》える複数の男女の声。そこにまどかちゃんも交じっているかと思うと、オレの心はぎゅっと誰かに掴《つか》まれたように痛んだ。

プレーヤーのスイッチを入れる。大好きなぼっちぼろまるの歌が耳に飛び込んでくる。心地よいリズムに乗った甘くて優しい声がぼっちであることを肯定してくれる。フレーズひとつひとつが、つらいときオレの心をいつも支えてくれるんだ。

「オレには、これがあるからいいんだ」

ボリュームをマックスに上げる。

教室の楽しそうな声も、校庭で部活中の掛け声も、「廊下は走るなよ」とお決まりすぎる声をかける教師たちの声も、もう聞こえない。

オレは、ぼっちぼろまるの歌の世界に入り込んで、学校を出た。

そのとき、ふっと右肩に重みを感じた。まるで何か小さな生き物がとまったような。

しかし、当然ながらそこには何もない。

「気のせいか」

それとも、この錯覚すら妄想か。

オレはこんな変な自分を改めて蔑《さげす》みながら、とぼとぼと、朝来た道を逆に帰っていった。

第一部 ニワトリがライバル

「そのニワトリのキーホルダー、かーいーね」

ある日の休み時間。オレが机に突っ伏して寝た「フリ」をしていると、右隣からまどかちゃんの声がした。

「え？　そ、そう？」

隣の席の緑髪ヤンキーの照れくさそうな声が聞こえる。オレは、そっと頭を右に向けた。もちろん寝た「フリ」は継続したまま。右目だけうっすら開けて様子をうかがう。

「うん。キーホルダーもかーいーし、河合《かわい》くんが付けてるそのピアスもオシャレだよね」

そうだ、確か隣の席のヤンキーは河合守《まもる》という名前だった。ピアスなんて不良の付けるものだと思っていたけど、まどかちゃんが褒めてくれるならオレもピアス付けてみようかな。いや、無理か。耳に穴を開けるなんて、想像するだけで痛すぎる。

「ま、可愛いとかは、俺、よくわかんねぇけどさぁ……」

河合はそんなことを言いながらも、まんざらでもない顔をしている。

(くそっ、まどかちゃんに話しかけられるなんて、ずるいぞ)

羨《うらや》ましいという感情がむくむくと湧いてくる。オレだって、カバンにぼっちぼろまるのぬいぐるみを付けてるのに、そこにまどかちゃんが触れてくる気配はない。

(あれ？　ぼっちぼろまるってもしかして可愛くない？)

そんな自問をしていると、「ぽこん」と後頭部に軽い衝撃があった。

「え？」

誰かに叩《たた》かれたのかと思って、オレは反射的に立ち上がってしまった。

「ガタン！」

勢いがつきすぎていたようで、椅子が思い切り後ろに倒れた。

「わ！　びっくりした」

まどかちゃんが驚いた顔をしている。目を丸くしたまどかちゃんもまた可愛い。いや、いまはそんな感想を抱《いだ》いている場合ではない。

オレは慌てて椅子を直すも、そのまま座るのは気まずくて、「ト、トイレ行っとくかな～」とわざと大きめな独《ひと》り言《ごと》を漏らしながら逃げるように教室を出た。

トイレの個室に入って、大きなため息。

（何やってんだろ、オレは）

「ジャー、ゴボゴボゴボ……」

用を足してもいないのに、オレはトイレの水を流した。

（ああ、失言や失態もこんな風に指先ひとつで水に流せたらいいのに）

渦を巻いて吸い込まれていく水を見ながら、オレはそんなどうしようもないことを考えていた。


その日の放課後、今度は本当に用があってトイレに向かっていた。しかも特別教室棟のほうにわざわざ。

教室からいちばん近いいつものトイレの入り口にまどかちゃんがいたからだ。別にオレがトイレに行こうと、それが大きいほうだろうが、小さいほうだろうが、関係ないに違いないが、なんだか恥ずかしくなってしまったのだ。

「ヤバい、急げ急げ」

そのせいで、いま若干のピンチにあるというわけだ。

「ジャー、ゴボゴボゴボ……」

「ふう、危なかった」

オレは安堵《あんど》のため息を漏らしながら、トイレを出た。

「ん？アレって？」

特別教室棟の廊下に、見たことのあるものが落ちていた。

「これ、河合のやつだよな」

オレは、ニワトリのキーホルダーを拾い上げた。近くでよく見ると、ニワトリ部分はぬいぐるみになっていた。どこのメーカーだろうか。もしかしたら、オレも同じメーカーのキーホルダーを付ければまどかちゃんに声をかけてもらえるかもしれない。そんな淡くもヤバい期待を抱きながらニワトリをよくよく調べた。

「あれ？　タグとかないな……」

この手のものには【Ｍａｄｅ　ｉｎ】の表記などがあるはずだと思ったが、それらしいものは見当たらなかった。代わりにオレはチェーン部分が壊れていることを発見した。そのせいで、河合のカバンから外れて落ちてしまったのだろう。

「でも、なんでこんなとこに？」

ニワトリが落ちていた廊下は「家庭科室」の前。緑頭のヤンキーと「家庭」の二文字が全然結び付かなくて、オレは困惑した。

「まさかのミステリー？」

もしかしたら、このニワトリは自然に落ちたわけじゃなくて、誰かが河合のカバンから奪い取ってここに放置していったのかもしれない。

「なんのために？」

オレの妄想がむくむくと膨らんでいく。

「ヤンキー同士の抗争？　それとも、河合にパシらされてた陰キャの復讐《ふくしゅう》？」

妄想も、独り言も止まらない。

「なに、ひとりでぶつぶつ言ってんだ？」

背後から突然声をかけられて、オレは心臓が口から飛び出るんじゃないかってくらい驚いた。

「か、河合⁉　……くん？」

振り返るとそこには緑色の髪をした河合守が立っていた。

「『くん』とかいいから。タメだろうが」

そう言いながら河合はオレが手に持っているものに気づいた。

「あ、それ。拾ってくれたのか？」

「ん？　ああ！　そう、ここに落ちてたから」

オレはニワトリのぬいぐるみを河合に手渡した。

「サンキュ！　探してたんだよ、これ」

河合はそう言うと、ニワトリに付いたほこりを丁寧に払い落とすと、大事そうにポケットに入れた。

「じゃあ、俺はこれで」

抗争でも復讐でも、ましてや難解なミステリーでもなかった。単なる落とし物。膨らんだオレの妄想が一気にしぼんでいく。

しかし、まだ、謎がひとつ残っていた。

「河合くんは、なんでここに？」

「なんで？」

オレの質問の意図がわからなかったのか、河合は一瞬首をかしげた。しかし、すぐに理解し、直後「しまった」という顔をした。

「な、なんでもねーよ。たまたまだよ、たまたま」

下駄箱のある昇降口とは逆方向にある特別教室棟に、放課後、たまたま立ち寄ることなどあるだろうか。

「いいから、行けって！」

怪訝《けげん》な顔をしているオレを、「しっしっ」と河合は手を振って追い払おうとした。

「わ、わかったよ」

これ以上河合に関わって殴られでもしたらたまらない。オレはおとなしく退散することにした。

(好奇心は猫をも殺すって言うしな)

何かで読んだことのある外国のことわざが頭に浮かんだ。

（でも、やっぱり気になるよな）

オレは、廊下を曲がったフリをして、こっそり角から覗《のぞ》き込んだ。すでに廊下に河合はいない。

「先生、ごめん。探し物は見つかったから、続きやっていい？」

家庭科室の中から河合の声がした。

「いいわよ。でも、そんなに毎日使うなら、おうちで買ってもらえばいいのに」

女性の声。会話の流れ的に家庭科の先生だろうか。

「無理だって。親にも話してねーんだから。でも、バイトして金貯《た》めたら買おうかな、ミシン」

（ミシン？）

聞き間違いかと思った。「家庭科室」に「ヤンキー」というだけでも異質なのに、「ミシン」というアイテムまで登場して、ますます違和感しかない。

「カタカタカタカタカタ……」

家庭科室の中から、ミシンの音が響き出した。小気味いいリズム。河合が操作しているのだろうか。だとしたらきっと手慣れている。じゃないと、こんなにスムーズな音は出ないだろう。

「もしかして、あのニワトリも自作だったりして」

タグもメーカー名も付いてなかったぬいぐるみ。もしかしたら、ミシンを使った縫い物だけじゃなく、編み物なんかも河合は得意なのかもしれない。

「って、妄想しすぎか」

可愛いぬいぐるみやファンシーな小物やアクセサリーに囲まれた河合の姿を想像して、オレは笑ってしまった。

「まだ、抗争や復讐のほうがしっくりくるよな」

オレは、「可愛いもの好きな河合守」とつぶやいたあとに、「ダジャレかよ」とセルフツッコミを入れて、その場を後にした。

教室に戻ると、誰もいなかった。

帰宅部のオレは、当然、下校もひとりだ。

自分のカバンに付けたぼっちぼろまるのキーホルダーがオレの歩みに合わせてゆらゆらと揺れていた。

ドクロのライバル

「なんか電波、ビミョー」

まどかちゃんが、スマホを高く掲げて「フリフリ」している。

スマホを振っても意味がないらしいけど、まどかちゃんがそれをすること自体には意味があるとオレは思う。

(電波よ、まどかちゃんのスマホに降り立ちたまえ!)

オレはそう心の中で念じた。

「まどかちゃん、電波ならこのへん、よく入るよ」

オレの送る「念」を遮《さえぎ》るようにニット帽の男が現れた。オレの左隣の席のやつ。

ニット帽にドクロのワッペンを付けていて、暇さえあればスマホをいじっている。

「え? ホント?」

まどかちゃんは、スマホを持って、ニット帽に近寄っていく。

「どこ、どこ?」

「このへんかな」

ニット帽のやつが指差すあたりに、まどかちゃんはスマホをかざす。

「わあ、本当に電波来た！」

うそだろ、とオレは思う。それこそたまたまだろ。

「すごいね、常盤《ときわ》くん。まるで電波が見えてるみたい」

そんなわけないのに、まどかちゃんは無邪気に喜んで、素直に「ありがとう」と感謝の気持ちを伝えていた。偉いと思う。

一方、そんなわけないのに、ドヤ顔をしているニット帽の常盤。確か下の名前はひろきだったか。憎らしく思う。

天使のようなまどかちゃんを称《たた》える気持ちと、その笑顔を向けられた常盤を羨む澱《よど》んだ気持ち。ふたつの感情がオレの中で渦を巻く。

(くそっ！　電波よ、あっち行け)

両手をかざして、さっきとは正反対の「念」を送る。それこそ、こんなことをしても何も起きないし、無意味だとわかっているのに。

「何してんだ？」

振り向いた常盤に気づかれた。

「え？　いや、え〜と。ああ、ストレッチ？」

両手をそのまま前に突き出して、オレは身体《からだ》を大きく伸ばす。いつも丸めている背中がぎしりと嫌な音をたてる。

「ふ〜ん」

当然、オレのストレッチになど誰も興味はない。常盤は再び自身のスマホをいじりだし、まどかちゃんはスマホでダンス動画を見ながら、その振り付けをまねている。

「あ〜、肩凝ったな〜」

わざとらしく肩を回しながら、オレは教室を出た。あのままストレッチを続けていたら、隣の河合の後頭部にオレの裏拳がヒットしてしまいそうだったから。

そのとき「もみもみ」と右肩を誰かに揉《も》まれた感触があった。ハッとして振り返るも、誰もいない。また錯覚か。最近、ちょっと多い気がする。

オレは、ちょっと自分自身のことが心配になってきていた。

その日の昼休み、オレは弁当を持って屋上へ向かった。

ぼっちのオレにとって、昼ごはんは、「誰と食べるか」ではなく「どこで食べるか」が重要なポイントだった。

体育館裏。弁当を食べていたら、告白が始まったのにはびっくりした。まるでオレのことなど見えていないかのように繰り広げられる「好きです！」「付き合ってください」。あやうく口にくわえたソーセージを落とすところだった。

結論が「ごめんなさい」だったのも気まずかった。当然、振られたほうを慰めることなどオレにできるわけもなく、じっと息を潜めていることしかできなかった。

もうあんな味のしない昼ごはんはこりごりだ。オレは、体育館裏を「ぼっち飯」リストから外した。

中庭の隅。中庭自体は、人気のランチスポットなのだが、隅っこの日陰は、誰も寄り付かず穴場スポットだと思われた。

植木と校舎の壁の間。まさかそんなところにひとがいるなんて誰も思わないだろう。しかし、ひとがいるとは思われないことが問題だった。

空から「ゴミ」が降ってきたのだ。

——おい、窓から捨ててんなよ。下にひとがいたらどうすんだよ?

——この下にひとなんているわけねーだろ。

——確かに、そうか。

はるか頭上でそんなやりとりが聞こえたあと、さらにゴミが降ってきた。間一髪、弁当の中にゴミが入るのは避けられたが、「ゴミの雨」の中で昼ごはんを食べるのは我慢できなかった。オレは中庭隅もリストから削除した。

特別教室棟。昼休みにここに来る物好きな生徒はいないだろう。家庭科室を使っている河合だって昼休みは教室で食べていた。今度こそ当たりだと思った。

——おお、ちょうどいいところに。

生徒はいない。ただ、先生はいた。しかも、午後の授業の準備で「猫の手」も借りたいという忙しい先生が。

——オレ、これから弁当を……。

そう主張するも「すぐ済むから」と半ば強引に、教材を運ぶのを手伝わされた。結局解放されたのは、昼休み終了の予鈴が鳴る直前。オレは慌てて弁当をかっこんだ。あやうく喉につまって、息が止まるかと思った。あんなバタバタした昼ごはんはもうイヤだ。オレは特別教室棟にも近寄るのをやめた。

トイレ。いや、ここだけはダメだ。ぼっち飯リストにも最初から入れていない。トイレで食べてしまったら、オレは何か大切なものを失ってしまう気がした。

屋上。意外にもここがオレにとってのオアシスとなった。

誰もいない。ここまで階段を昇るのが面倒だからか、風が強すぎて女子生徒はスカートが気になってしまうからか、色々理由はあるのかもしれないが、ひと気のない屋上は、オレの昼休みの居場所になってくれた。

いつもならイヤホンを付けて聴くぼっちぼろまるの歌も、ここならスピーカーを使って大音量で聴ける。

弁当を食べ終わったあと、大の字に寝転んでぼっちぼろまるの歌声を聴く。至福の時間だった。

けど、今日はそこに先客がいた。

(常盤?)

ドクロのワッペンを付けたニット帽の男子が、スマホをいじりながら焼きそばパンを食べていた。

「お!　落瀬じゃん」

オレに気づいた常盤がこちらに手を、いや、スマホを振った。

「お、おお」

オレも恐る恐る右手を挙げて、それに応える。本当はいますぐ回れ右して屋上から出て行ってしまいたかった。けど、さすがにそれは態度が悪すぎる。

「弁当だろ?　俺はもう食い終わったから、気にせず食えよ」

言われなくても食べるわ、と言い返すことはできない。オレは黙って、常盤から三メートルくらい離れたところに腰を下ろした。

逆に常盤は立ち上がり、おしりをパンパンとはたいている。

「なあ、落瀬が昨日聴いてた曲って、なんてやつ?」

「へ?」

一瞬オレは何を訊《き》かれたのかわからなかった。いや、質問の意味はすぐに理解できたのだが、なぜそんなことを常盤が訊いてくるのかが理解できなかったのだ。

「あれ？　昨日もここで飯食ってたろ？」

どうやら常盤は、オレが寝転んでいるときに屋上にやってきたらしい。常盤曰《いわ》く
「スマホの電波を探してたらたどり着いた」そうだ。

「起こしちゃ悪いかなって、声かけなかったんだけどさ、そんときの曲がどーしても気になってさ」

それで今日は待ち伏せでもするかのように屋上で待っていたのか。教室で訊いてくれればいいのに。いや、それはないか。他のクラスメートの目もあるのに、教室でオレなんかに声をかけたら、常盤自身が変な目で見られてしまうだろうし。

「な、何曲か聴いてたんだけど……」

「あ、そうか。え～と、俺が聴いたのは『全部の全部をまとめてさ遊びつくしたって言いたいんだ』って歌詞のやつ」

「そ、それなら、『アソボー行進曲』だ」

「誰の曲？」

「ぼ、ぼ、ぼっちぼろまる」

「ふ～ん」

今度の「ふ〜ん」は午前中のときのような無関心全開の相槌《あいづち》ではなかった。常盤は目をぱっと輝かせて、早速スマホで何かを検索している。

「これ？」

スマホ画面をこちらに見せてくる。確かにそれは「アソボー行進曲」のＭＶだった。

「ありがとな」

オレが小さくうなずくと、常盤はそう言って屋上を去って行った。

「なんだよ、あいつ、こんなことくらいで『ありがと』なんて、大袈裟《おおげさ》だな」

オレはそう独りごちながらも、口元がにやついているのがわかった。いや、違う。これは常盤の感謝が心地よかったとかそんなんじゃない。今日の弁当はオレの好きな甘い卵焼きが入ってるはずだから、それが楽しみで笑ったんだ。

その日の弁当はいつもよりうまい気がした。もちろん、好物が入っていたからで、それ以外の理由なんてない。

食後にオレは「アソボー行進曲」を聴きながら青空を見上げた。

翌日。左の席で、常盤が友人の、確か押見《おしみ》ってやつと話しているのが耳に入ってきた。

「俺、やっぱりゲームクリエイターになるわ」

「は？　おまえ、前までゲームはただの遊びって言ってたじゃんよ」

突然夢を語られて押見は驚いているようだった。

「いや、遊びであることに変わりはないんだけどさ、なんか世界中のひとが『遊びつくした』って言えるような遊びをつくるのってすげえことなんじゃねえかなって」

どこかで聞いたことのあるフレーズ。オレはすぐに「アソボー行進曲」の歌詞を思い出す。常盤の記憶に残っている箇所も確かそこだった。

ぼっちぼろまるの歌詞が、見事に常盤の心に刺さったということだろうか。

なんだか変な感じだ。常盤の気持ちを変えたのは、ぼっちぼろまるの楽曲のチカラだけど、その楽曲に常盤が出会えたのは、オレがきっかけだ。

運命というには大袈裟すぎる。でも、偶然と片付けてしまうのはもったいない。ちょっとだけ誰かの人生に影響を与えたということの事実に、オレは少しだけ興奮していた。

今日は帰ったら久しぶりに漫画を描いてみようかな。高校入学から今日までのバタバタでちょっとご無沙汰《ぶさた》してたけど、無性に色々描いてみたくなった。

オレは何も持っていない右手を机に走らせ、「エアスケッチ」をしてみた。そのとき、オレの右肩で何かが飛び跳ねたような気がした。

またか。そんな錯覚にも慣れてきている自分がいた。

第一部

電卓もライバル

「真面《まづら》くんて、超かしこいんだって？」

背後でまどかちゃんの声がした。思わずオレの耳が大きくなる。どうやら、左後ろのガリ勉メガネくんに話しかけているようだ。

「か、かしこくなんかないよ」

まどかちゃんの声の五分の一くらいの声量で真面は返した。

（まどかちゃんに話しかけられてるんだぞ！　もっとハキハキしゃべれよ）

オレは心の中でそう叫んだ。もちろん、オレがもしそんな光栄至極《こうえいしごく》な状況になってしまったら、五分の一どころか十分の一も声が出ないだろうけど。自分のことは棚に上げるとは、まさにこのことだ。

「え〜、でも入学式で挨拶したってことは、首席で合格したってことなんでしょ？」

そういえば、誰かが言っていた。うちの高校の入学式は、入試でトップの点数を獲《と》ったやつが「新入生代表」を務めるらしい。

(こいつが代表だったのか)

入学式の記憶がないオレは、いまさらながら知る事実に少しだけ感心していた。ガリ勉なだけじゃなく、ちゃんと「実績」も伴っているのか。すごいじゃないか。

「い、いい迷惑だったよ」

真面は不満そうな声を漏らした。

前言撤回。全然すごくない。まどかちゃんとの会話中になんて態度だ。せっかく話しかけてくれたまどかちゃんに迷惑をかけるな。オレはそう声を大にして叫んだ。心の中で。

「ひと前なんて苦手だし、大きな声も出ないし、そもそも入試の成績だけで『代表』を決めるなんてナンセンスだよ」

「ナンセンスって何?」

まどかちゃん、いまはそこあまり大事じゃないと思うよ。でも、そういう天真爛漫《てんしんらんまん》なところも可愛らしいんだけど。

「無意味ってこと。僕はかしこくないから勉強してるだけなんだ」

真面の声に少し切なさが混じった気がした。

「え〜、そうなんかなぁ。でも、努力できるのも才能だって、うちのおねいちゃんが言ってたよ」

まどかちゃんにはお姉さまがいる。新情報だ。オレは心のメモに【まどかちゃんは美人姉妹】と書き記しておいた。

「才能？」

まどかちゃんの言葉に、真面は面食らっているようだった。

「うん、頑張るって誰にでもできることじゃないって。努力の才能を持ったひとが最強だって言ってたよ」

まどかちゃんのお姉さま、いいこと言うな。「努力の才能」。そのキラーワードは、オレの心にもグサリと刺さっていた。

「あ、ありがとう」

五分の一くらいのボリュームだった声が三分の一くらいになっていた。

「ぼ、僕、頑張るよ！」

三分の一の声が、急にまどかちゃんの倍くらいの大きさになった。

「なんだ、真面くん、大きな声だせるじゃん」

まどかちゃんが「キャッキャ」と楽しそうに笑っている。その笑顔に釣られたのか、真面も「ははは」と笑い返している。

（くう、羨ましい……）

真面のやつめ。確か下の名前は「有太《ゆうた》」だったか。「真面有太」。そのフルネームがオレの「敵リスト」に追加されたのは言うまでもない。

このクラスは敵だらけ。ぼっちのオレは孤軍奮闘《こぐんふんとう》、四面楚歌《しめんそか》。四文字熟語が頭を踊る。弱肉強食。オレは食われてしまう弱者なのか。

気分がぐっと落ち込む。こういうときはぼっちぼろまるに助けてもらうしかない。

（げ、充電切れ……）

こんなときに限ってプレーヤーの電池残量はゼロ。うまくいかないときは、とことんうまくいかないものだ。オレはその日、余計なことをしないように、じっと自分の席で背中を丸めて息をひそめていた。


帰り道。今度こそ気分転換したい。

オレは、駅前の本屋を目指した。今日は集めてる漫画の新刊が出る日だ。物語の世界に没頭して、今日のモヤモヤをスッキリ晴らしたい。

（あ、あれは？）

本屋には真面がいた。帰宅部のオレより早く学校を出てここにいるということは、間違いない。真面も帰宅部だ。

だが、そんな共通点は、オレが真面に親近感を抱く理由にはならない。同じ帰宅部なのに、真面は学年トップの秀才で、まどかちゃんにも一目置かれる存在だ。むしろ同じ帰宅部ということがオレのコンプレックスを余計に刺激する。

（どうせ、参考書でも探してるんだろ）

オレは真面目に気づかれないようにコミックコーナーに移動した。

（お、あった、あった！）

オレはお目当ての新刊を見つけると、会計コーナーへと足を運んだ。

（あれ、まだいる？）

真面が難しそうな顔をして何かの本を熱心に立ち読みしていた。さっきの位置から一ミリも動いていない。

学年トップがあんなに真剣に読む参考書にオレは興味が湧いた。もしかしたら、オレもその参考書を使えば、少しは成績が上がるかもしれない。

本棚の陰に隠れてこっそり真面の手元を観察する。しかし、その本の表紙には『プロット講座』とある。

プロットとは小説を書くときの設計図だ。漫画の場合は「ネーム」という。漫画を描くのが好きなオレはそのくらいの創作に関する知識はあった。

そのあとしばらく観察していたが、真面はまるで石像のようにぴくりとも動かなかった。ただ、手だけはパラパラとページをめくっている。

（すげえ、集中力）

いま、オレが背後を通り過ぎたとしてもきっと真面は気づかないだろう。オレは、真面を置いて、本屋を後にした。

帰り道の公園で、買ってきた漫画を読み始める。

「やっぱ、すげえな、このひと。どうやったらこんな絵や物語がつくれるんだ」

読みながら感嘆のため息が漏れる。

「このひとに比べたらオレのなんて、落書きだよ」

別の意味のため息が漏れる。

まだ途中だったが、オレは読んでいた漫画をそっと閉じた。

「はあ……」

三度目のため息を漏らすと、突然閉じていたはずの漫画がバッと開いた。

「え⁉」

風でも吹いたかと思うが、公園の木々も草も揺れてはいない。

「パラパラパラパラ」

漫画のページがひとりでにめくれていく。オレは少し怖くなった。無理やり漫画を閉じてカバンに詰め込むと、急いでその公園をあとにした。

「なんか『出る』のかな、あそこ……？」

第一部

可愛い君

外は今日も雨だった。

(梅雨《つゆ》だしな)

オレは窓の外を見ながら、当たり前すぎる感想を抱いていた。

(もう六月だ)

入学から二ヶ月。オレはいまだにぼっちだった。

(いまだゼロ)

まどかちゃんと話した回数だ。いや、目が合った回数だとしても同じ数字になる。

(どうしよう)

オレは新しい席で、頭を抱えていた。

そう、つい先週、席替えが行われたのだ。「じゃんけん」と「あみだ」と「くじびき」を組み合わせて、誰も「ズル」ができないようにした、完全なる運ゲー。

(これが、オレの運命?)

完全なる運ゲーのはずなのに、とオレは左斜め後ろを振り返る。そこには、必死に次の授業の予習をしている真面がいた。オレの視線になど気にもとめないほどの集中力だ。

そのまま、視線をスライドして左隣を見る。ドクロのワッペンがトレードマークの常盤が、スマホ二台を同時に操作しながらゲームをしていた。さすがのスマホ中毒でも、二台使いは集中しないとできないらしい。これまたオレの視線になど気づかない。

振り返って、オレの右隣。緑頭の河合と目が合った。

「なんだよ?」

ぎろりと「ガン」を飛ばされて、オレは「な、何も」とたまたまを装った。オレが目を合わせたいのは河合じゃなくて、まどかちゃんなのに、と再び頭を抱える。

そうなのだ。なぜか、位置は窓側に二列ほどスライドしたが、この三人とオレの配置はまったく変わらなかった。

そして、肝心のまどかちゃんは、廊下側のいちばん後ろの席。前よりも離れてしまった。

もし神様がいるとしたら、よっぽどオレとまどかちゃんを近づけたくないらしい。

(そもそも最初だって)

オレは四月の係決めを思い出していた。

――じゃあ、次、いきもの係。

先生が教室を見回すが誰も手を挙げない。うちの学校はなぜかクラスにひとつ水槽があって、そこに何かしらの魚を飼っていた。その世話をするのが「飼育係」、通称「いきもの係」だ。

高校生にもなってめだかやグッピーを飼って「命の大切さを学ぼう」でもないだろう。皆が白けた空気を出すなか、まどかちゃんだけが手を挙げた。

――誰もやんないなら、うち、やるよ。

その瞬間に男子たちの目の色が変わる。

――茂木だけだと大変だから、もうひとりくらいいないか？

そう先生が言い終わるより先に、数人の男子生徒が勢いよく手を挙げた。

出遅れた。そうオレは思いながらも、そっと右手を上に伸ばす。

先生、いや、神様、オレを選んでください。心の中で祈りにも似た叫びをあげる。

――じゃあ、茂木の次に手を挙げるのが早かった華山《はなやま》に頼もうかな。

まどかちゃんの「相棒」に立候補したのは男子だけではなかった。華山ゆり花《か》。彼女がそんなに「いきもの係」をやりたかったとは。

オレの神頼みは天まで届かず、結局、「ゴミ捨て係」に任命されてしまった。

（祈るだけじゃだめだよな）

オレは根性なしの自分を大いに反省しつつ、席を立った。「ゴミ捨て係」の任務を遂行《すいこう》する時間が来たからだ。

（あ、これもいっしょに捨てとくか）

オレは机の中に押し込んであった自作漫画のラフスケッチを取り出し、そのままゴミ箱にぽいと投げ入れると、そのままゴミ箱を抱えて教室を出ようとした。

「おわっ」

廊下に出る直前、オレは背中に衝撃を受けてバランスを崩した。

「あ！　ごめ〜ん」

まどかちゃんだった。どうやら、ダンスの練習をしていて、オレにぶつかってしまったらしい。

「大丈夫？」

まどかちゃんが、オレの前に回り込んで心配そうな顔をする。

「え、う、うん。だ、大丈夫」

まさかの、ここで初の会話。さっきまでゼロ回だったコミュニケーションが一回になった。たかが一回。されど一回。「ゼロを一にする」ことがどんなに大変なことか、オレはその苦労を知っているつもりだ。

「よかった」

ホッとしたまどかちゃんが、足元に落ちていた「紙切れ」に気づく。

「あ、それ……」

オレが制止するより早くまどかちゃんはその紙をひろって、丁寧にシワを伸ばした。

(ゴミなのに)

オレはそう思っていたが、まどかちゃんは「ゴミ」だと思わなかったようだ。

そこに何が描かれているか、オレは知っている。

オレが妄想から生み出した理想のヒーロー『Ｒｉｓｉｎ’』だ。いままでは左手でだって描けるくらい、何百回、いや、何万回と描いてきたお気に入りキャラ。

しかし、これを描いたときは、まどかちゃんと河合がもし付き合ったらとか、常盤がまどかちゃんに告白したらとか、まどかちゃんが真面の家で勉強会をしたら、とか余計な妄想をしていたら、うまく描けなかったのだ。

自分的には失敗作。納得いかない出来栄えに、Ｒｉｓｉｎ’には申し訳ないけど、なかったことにさせてもらうつもりだった。

「うわ、絵、うまぁ」

口に手を当てて感心するまどかちゃん。

(やめてよ、まどかちゃん。それはうまく描けなかったやつなんだって)

そう訴えるも、言葉は出てこない。口がパクパク動くだけ。

「なんで、捨てちゃったんだろ？」

まどかちゃんはオレの目を見て言った。その質問、オレが描いたって気づいているのだろうか。しかし、オレはこの絵を自分が描いたと言い出せなかった。

「な、なんでだろうね」

返した言葉はそれだけ。オレは、まどかちゃんの手に触れないように、Ｒｉｓｉｎ’の絵だけをすっと奪うと、それをゴミ箱に再び放り投げて、廊下に飛び出した。

（オレが描いたんだって言えばよかったのに）

そんな後悔が頭の中をぐるぐるする。

（でも、漫画なんか描いてる陰キャ、キモいって思われるかも）

一方でそんな不安が心の中をぐちゃぐちゃにする。

オレは、駆けた。ゴミ箱を抱えて、校舎裏のゴミ捨て場に向かって。

こんな姿、全然かっこよくない。こんなオレ、絶対まどかちゃんにふさわしくない。

（でも！）

それでも、彼女のことが気になって気になって仕方ないんだ。

だって、オレは、あの日、確かに稲妻にうたれたんだから。

（ウオー！）

声にならない叫びをあげた。

「ウオー」

右耳に小さな叫び声が聞こえた。オレじゃない。でも、ここにはオレしかいない。でもその声はオレの気持ちを代弁してくれているように思えたんだ。

第一部

大運命

ある休日。オレは、特に用もなく街をぶらぶらしていた。

本当は家でごろごろしていたかった。けど、母さんがそれを許さなかった。

——休みだからって、だらだらしないの！

——だらだらなんてしてない！　ごろごろしてんの！

口答えをしたら、その何倍もの熱量で怒られた。オレは逃げるように家を出た。

結局、だらだらもせず、ごろごろもできず、ぶらぶらしてる。

(たいして変わんないと思うけどな)

ため息を漏らしつつも、仕方ないので、行きつけの本屋に行ってみる。今日は漫画の新刊も、雑誌の最新号も出る日ではないが、何か面白い本との出会いがあるかもしれない。

「あ、真面！」

オレが出会ったのは、爽快《そうかい》なアクション漫画でも、最高に笑えるギャグ漫画でもなく、悩ましげな表情の真面だった。じっと本の背表紙を眺めている。前にたまたま見かけたときと同じく『プロット講座』みたいなタイトルが並ぶ棚の前で。

「あ、落瀬くん」

前回と違い、立ち読み中ではない真面は、オレの視線に気づいたようだ。目が合ってしまって逆にオレのほうがどぎまぎした。

「こ、こんちは」

ぎこちない挨拶。そして、それ以上話すことがなかった。向こうも同じ状況だったらしく、真面はそのまま立ち去ろうとした。

「か、買わないの？」

思わずオレは思っていたことを口にしてしまった。前回見かけたときも真剣な顔で立ち読みをしていた。今回も睨《にら》みつけるような目で本棚を見ていた。でも買う気配はない。それがオレには不思議だったのだ。

「い、いいんだ、僕は」

オレに呼び止められるとは思ってなかった真面は一瞬面食らったみたいだったが、こちらを振り向かずに質問に答えてくれた。いや、オレの質問の答えにはなっていなかったが。

「参考書以外は禁止されてるから」

「マジで!?」

心の底から声が出た。そんなことがありえるのかと驚愕《きょうがく》した。じゃあ真面は小説はもとより、あんなに面白い漫画の数々も読めないってことか。この世界で最高の「聖典」は漫画だと思っているオレにはにわかに信じがたい発言で、かつ、目の前の真面のことが心底かわいそうに思えた。

「じゃあ、僕は予備校行くから」

オレがぽかんと口を開けているうちに、真面はするっと本屋を出て行ってしまった。

「漫画、禁止」

もしもオレがそんな「異」世界に飛ばされたら、どんな「チート」を使ってでもその世界に漫画を流行《はや》らせてやる。そんな妄想が頭の中を駆け巡る。

オレは、真面の代わりにと言わんばかりに漫画を立ち読みしまくり、そして、本屋さんに悪いので一冊、普段買わない月刊のコミック誌を買って店を出た。

まだ日が高い。さて、次はどこへ行こう。

オレは、駅ビルを目指した。いつも使っているスケッチブックが残り少なかったのを思い出したからだ。確か、あそこには大きめの文具屋が入っていたはずだ。

(けど、駅ビルはリスクもあるんだよな〜)

休みの日の駅ビルは学生のひまつぶしにはもってこいのスポット。クラスメートに遭遇する確率は、さきほどの本屋の比ではない。

(まあ、会っても問題ないか)

そうオレは思い直す。教室でも「空気」と化しているオレが、休日に駅ビルをふらふらしていたところで、その存在を感知されるはずがない。

「ぼっちでよかったわ」

独りごちて駅前ロータリーをぐるりと回る。駅ビルに入り、エレベーターに向かう。お目当ての文具屋は五階だからだ。

乗り込んだエレベーターが三階で止まると、扉が開き、スマホをいじりながら常盤が入ってきた。休みの日でもドクロワッペンのニット帽を被っている。

(え？　常盤⁉)

「あ、やべ。これ上じゃん」

どうやら、常盤は下行きのエレベーターに乗るつもりだったらしい。しかし、すでに扉は閉まっている。

「ちぇっ。仕方ねーな」

そう言ってエレベーターの奥まで入ってきた常盤はそこで初めてオレのことに気づいた。

「あれ？　落瀬じゃん！」

「よ、よお」

　またもやぎこちない挨拶。それはそうだ。教室でもまともに会話できない相手と、休日にエレベーターという密室にふたりきりでうまくコミュニケーションなどとれるわけがない。

「なに？　買い物？」

「う、うん」

「俺も！」

　常盤は嬉《うれ》しそうに背中のリュックを開けて、中を見せてくれた。そこには『スワッチ』や『BS5』の新作ゲームがたくさん入っていた。

「普段はソシャゲが基本なんだけどさ、やっぱパッケージゲームは勉強になると思ってさ」

　オレの頭に「?」が浮かぶ。「ソシャゲ」は聞いたことがあるが、「パッケージゲーム」というワードは初耳だった。

「あ、こういうソフトになってて、ゲーム機に差して遊ぶゲームのことな」

　おそらくオレの顔にも「?」が浮かんでいたのだろう。常盤が察して説明してくれた。

「げ、ゲームクリエイターになるんだもんね？」

オレは、このまえたまたま聞こえてしまった常盤の話を思い出してそう言った。

「あれ？　俺、落瀬に話したっけ？」

常盤の顔がきっと険しくなる。しまった。これじゃあ、オレがまるでひとの会話を盗み聞きしてるやつみたいだ。言い訳しなきゃ。でも、言葉がうまく紡《つむ》げない。

「ま、落瀬にならバレてもいいか。おまえのおかげでもあるからな」

そう言って、再び常盤は表情を崩した。

「でも、押見とおまえしか知らないから、まだクラスのやつらには内緒な」

常盤は人差し指を口に当てる。

「じゃあな」

四階に着いて扉が開く。常盤はスマホをいじりながらエレベーターを出て行った。

(心配しなくても、クラスの誰とも話すことなんてないよ)

この秘密は厳守される。オレにはその確信があった。

五階に着いた。残念ながらいつも使っているスケッチブックは売り切れだった。でもせっかく来たから漫画材のコーナーに立ち寄る。

(オレは将来、デジタルで描きたいけど)

そう思いながらも、「トレース台」や「Gペン」、さまざまな「トーン」などを見ているとテンションが上がってくる。

（アナログもありだよな～）

簡単に心変わりしてしまうところがオレにはある。もちろん、変わらないこともいっぱいあるけど。たとえば、ぼっちぼろまるの歌が好きなこととか、漫画を描くのがやめられないこととか、まどかちゃんが気になって仕方ないこととか。

（でも、オレの気持ちが変わっても変わらなくても、伝えなきゃ、まどかちゃんにとっては同じことだよな～）

わかってる。思ってるだけじゃダメだってことは。でも、いまだ現状維持なオレ。むしろ、ライバルの存在を知って一歩も踏み出せずにいる。

「変わらなきゃ」

口には出してみるものの、そのセリフすら陳腐《ちんぷ》すぎて情けなくなる。いまどき主人公に「変わらなきゃ！」なんて言わせたら「いつの時代の漫画？」って言われそう。

画材を見て上がっていたテンションも爆下がり、オレは肩を落として、エレベーターで一階へ降りた。

さて、何か食べよう。昼ごはんでも食べれば、多少は元気も出るだろう。

オレは、駅前のハンバーガー屋も、うどん屋も、牛丼屋も、行列のできるインスパイア系ラーメン屋も素通りして、商店街、通称『カミナリ・ストリート』へと入って行った。

その一角にある『美食味横丁』。ちょっとさびれた昔の飲食店街。夜は大人がお酒を飲みに来るところだけど、昼間もいくつかの店がランチ営業をしているのだ。

そこに美味《おい》しい餃子定食を出してくれる店がある。オレはそこを目指して横丁に入った。

ちなみに、ここの情報は父さんから。会社帰りの飲みが続いて、母さんに責められてるとき、「ランチでも美味しい店あるから、今度みんなで行こう！」と。まあ、その約束はいまだ果たされてはいないけど、お店の名前だけは覚えていたというわけだ。

「らっしゃい」

お世辞にも愛想がいいとは言いがたいオヤジさんがオレの入店を迎えてくれた。

「相席でいいかい？」

あいにく、お昼時で混んでいたようだ。知る人ぞ知る店だと思っていたけど、意外に昼も人気店だったみたい。

「あ、はい」

正直相席は嫌だったが、「じゃあ、いいです」と言って去る勇気もない。案内されるままに、テーブル席の空いてる丸椅子に腰を下ろす。

「ん？　落瀬？」

オレの相席の相手は、まさかの河合だった。

「ええ⁉　河合……くん？」

「前も言ったけど、別に無理して「くん」付けしなくていいって」

「あ、う、うん」

オレは曖昧にうなずいた。そう言っておいて、実際に呼び捨てにしたら「生意気だ」と怒鳴りつけてくるイメージがヤンキーにはあったから。

しかし、河合は気にするそぶりもなくフレンドリーに話しかけてくる。

「ここ知ってるなんて、落瀬、結構やるな」

「そ、そう？」

なぜ誉《ほ》められたのかいまいちピンときてないオレは、ふたたび曖昧に返事をしておいた。

「俺はさ、この横丁出たところに、雑貨屋があるだろ？　あそこの店長に聞いたんだ」

「ん？　ああ。雑貨屋……あるね」

確か、隣が猫カフェだった気がする。当然ながら、雑貨屋も猫カフェも一度も入ったことはない。オレには無縁の空間だと自覚している。

「あ、でも、俺が雑貨屋通いしてるとか、あんまり言わないでくれよな」

オレが無言でうなずくと、河合はにかりと笑って、丼の汁まで飲み干して立ち上がった。

「この店、餃子定食も有名だけど、裏メニューの『タンメン』も絶品なのよ」

それも、雑貨屋の店長情報だろうか。

「じゃあな、落瀬。大将、ごっそさん！」

常連のような態度で河合は悠々と店を出て行った。

残されたオレには、二者択一の悩みも残った。

(餃子定食か、タンメンか。それが問題だ)

生きるべきか、死ぬべきかなどと大袈裟なことは言わないが、それでもオレには大問題。結局、散々悩んで餃子定食にした。

友だちでもない河合の言葉より、生まれてから今日まで育ててくれた実の父親の言葉を信じようと思ったのだ。

うまかった。ただ、店を出るとき、若干の後悔は残った。

(タンメンも食べたかったな)

また来よう。オレはそう思って、美食味横丁をあとにした。

「あ！」

思わず声が出た。なぜなら、そこにまどかちゃんがいたから。ちょうど猫カフェから出て来るところだ。

（これって、大運命⁉）

上がるテンション。高鳴る期待。これは好印象を与えるチャンス。どんな風に登場しよう。オレの頭の中はぐるぐると高速回転を始めた。

（あれ？　その前に、その男誰だ……⁉）

まどかちゃんの隣に見知らぬ男が立っていたのだ。

BS5

まるで太陽のようなまどかちゃんの笑顔。

学校でも見せないその表情を目撃できたオレはラッキーボーイ。と、思いたかったが、その顔が向けられているのはオレでも、河合でも、常盤でも、真面でも、その他のクラスメートたちでもなかった。

見たこともない男。おそらく同級生ではない。

(弟?)

にしては、年上に見える。

(じゃあ、兄者?)

うんうん、それなら納得できる。いや、兄にしては仲良すぎるだろ。距離近すぎだろ。腕組みすぎだろ。羨ましすぎだろ。

(うん、そうだ。お父さんだ)

この際、まどかちゃんがファザコンであってもオレは構わなかった。

（いっそ、おじいちゃん）

孝行できる孫、それがまどかちゃんだ。

（いやいや、もう、遠くの親戚であれ！）

オレの心の叫びは、天まで届いてほしい懇願《こんがん》だった。

気づけば、ふたりの背中が遠くなる。なのに、腕を組んだままなのが遠目でもわかってしまうオレの二・〇の視力が恨めしい。

結局、ふたりの姿が見えなくなるまで、オレは焼き鳥屋の壁の陰に隠れたまま、呆《ぼう》然《ぜん》としていた。

「結局、一体、誰なんだ、あいつ」

ぶつり、ぶつりと言葉が途切れてこぼれ落ちる。オレの心がカラカラに乾いて、パラパラと表面が剥《は》がれ落ちている感覚。

「これは、失恋……？」

口に出してしまって後悔する。そんなこと思いたくもなかった。でも自分の声を自分の耳で聞いてしまうと、その事実が質量を持ってオレを襲ってくる。

「いやいやいやいやいやいや！」

オレは、首が取れてしまうかと思うほど、激しく左右に振り続けた。「失恋」の二文字を頭から追い出すために。

だが、思った以上にその二文字はしつこかった。「失う」という漢字が付いているくせに、全然、いなくなってくれない。

オレは頭を振り振りしながら、家に帰ることにした。まどかちゃんが消えていったのと逆方向に。

その日、オレはなかなか寝付けなかった。やっと眠れたと思ったけど、気づけばオレは夢の中でも、『カミナリ・ストリート』に立っていた。

目の前にいるのは、昼間の男。前髪で隠しているが、右目を眼帯で覆っている。

「なんだ、その中二病みたいな設定は？　魔眼か？　緋色《ひいろ》だったりするのか？」

いつものことだが、夢の中のオレは結構強気だ。いつもの妄想パワーが、夢の中ではオレのチカラに変わる。

眼帯の男は何も答えない。ただ、ニヤリと笑ったその口元は、闇夜に浮かぶ細く鋭い月のように不安を煽《あお》るものだった。ライクア太陽なまどかちゃんの笑顔とは正反対だ。

「おまえなんか、まどかちゃんにふさわしくない！」

オレは、びしっと眼帯男に指を差してやった。

男の不敵な笑みが大きくなり、どんどん口が裂けていく。気づけば、眼帯男の顔は、鉄仮面、いや「鉄頭」に変化していた。そのカタチは、鼻にツノが生えていて、まるで「犀《さい》」のようなモンスター。

「そっちが変身するなら、こっちもだ！」

男の変化をまるで当たり前のように受け止めるオレ。まあ、夢だからな、これは。

「サンダー！」

叫び声と共に、オレの背中にカミナリ様のような「太鼓」が現れる。頭にツノが生え、耳は尖《とが》り、髪に緑と黄色のメッシュが入る。

そう。この姿は、オレのいちばんのお気に入りキャラ「Ｒｉｓｉｎ'」だ。

Ｒｉｓｉｎ'を生み出してからオレはしばしば夢の中で彼と同化する。

(設定自体はオレと真逆のスペックなんだけどな)

夢の中なのに、オレは冷静にそんなことを考えていた。

現実世界ではしばしば妄想するオレだが、夢の世界ではしばしば現実的になる。オレにとって現実と夢は合わせ鏡のようになっているような感覚だ。

だからこその無敵感。オレ史上最強キャラのＲｉｓｉｎ'に変身したオレは、軽くひねってやるつもりで、鉄頭モンスターにパンチを繰り出す。

「いってえ！」

鉄頭にクリーンヒットしたはずのオレの拳が真っ赤に腫れ上がる。ギャグ漫画のような演出だが、これもまた夢のなせる業《わざ》。

しかし、いまはそんなことを冷静に考えている場合ではない。

「なんでだよ！　これ、オレの夢だぞ！」

最強無敵のＲｉｓｉｎ'のパンチが効かないわけがない。だが、事実、モンスターは不敵な笑みを浮かべたままだ。

「もしかして……」

オレの深層心理が目の前のモンスターを、いや、その元々の姿であるあの眼帯男を畏《い》怖《ふ》の対象と捉えてしまっているのか。

「だとしたら……」

勝てる気がしない。オレ自身が無意識につくり上げてしまった「最恐モンスター」だ。

「ドガン!!」

モンスターの一撃で、アスファルトの地面が砕け散る。その衝撃で、オレもはじきとばされる。

「なんの！」

相手が自分より強ければ諦めるなんて。そんなのヒーロー失格だ。オレはＲｉｓｉｎ'をそんなキャラ設定にした覚えはない。

「よっと！」

標識に飛び乗り、そこからビルの壁を蹴り、室外機を足がかりに、と、オレは商店街のどの建物よりも高く跳び上がった。「パルクール」からヒントを得た、Ｒｉｓｉｎ'お得意の空中殺法をお見舞いするためだ。

「ウオー！」

ビル八階建てくらいの高さから、一気に急降下。モンスター目がけて今度はキックを繰り出した。

「ガシっ！」

しかし、その蹴りは避《よ》けられてしまったどころか、逆に脚を掴まれてしまった。よく見れば、モンスターの両手には、ぎょろりとした「目」がついている。あれでオレの攻撃を見切っていたのだ。

「ブンブンブンブンブン……」

「うわわわわわわわぁ――」

モンスターはオレの脚を掴んでブンブンと振り回し始めた。どんどん勢いがついていく。

「うわわ、やめろ、やめろ。目が回るって。うわわわわぁ――……」

そこでオレは「うわー」という自分の叫び声で目を覚ました。頭がぐわんぐわんする、ような気がする。

「Ｒｉｓｉｎ’が負けた……」

身体を起こし、思わずオレはそうつぶやいた。

いや、違う。Ｒｉｓｉｎ’が負けたんじゃない。「オレが」現実世界の眼帯男に負けたんだ。夢を経て、改めてその事実を強く感じて、オレは大きなため息をついた。


「熱がないなら、行っておいで」

学校に行きたくない旨を伝えるも、母さんはオレのおでこに手を当て、無慈悲にそう告げた。

結局、肩を落として、オレは登校した。

「ねえねえ、まどか。このまえの休み、男のひとといっしょにいたでしょ？」

窓際のオレの席の反対側。廊下のほうから女子生徒の声がした。オレが右耳に全神経を集中させたのは言うまでもない。

「なんだ、見かけたなら声かけてよ〜」

まどかちゃんはそう言うけど、とてもじゃないけど、あの状況で声なんてかけられないよ。少なくともオレはそうだった。そして、否定もごまかしもしないまどかちゃん。その反応がグサリとオレの心にナイフを突き立てる。

「カレシ？」

グリグリと、刺さったナイフが傷口を抉《えぐ》る。

「ん？　カレシじゃないかな〜？」

抉られた傷口に薬が塗られた気分。痛みが和らぐ。

「え〜。腕まで組んでカレシじゃないとかありえなくな〜い？」

グリグリグリ。塞ぎかけていた傷口が再びナイフで抉られる。もうやめてくれ。それでも、オレの右耳はまどかちゃんたちのやりとりから逃《のが》れられない。

「強いて言えば、同志ってやつ？」

「なんそれ？　なんの同志よ？」

「んとね〜。お猫様の奴隷？」

そう言ってまどかちゃんは朗らかに笑った。相手の女子も「なんじゃそりゃ」と大声で笑った。

「猫カフェで出会ったひとでさ〜」

ひとしきり笑い合ったあと、まどかちゃんのほうから男の説明を始めた。オレは耳に全集中。もう、他の音など、自分の呼吸音すら聞こえない。

「なんか、イケメンなんだけど、眼帯とかしてるし、ヤバいひとなんかな〜って思ったけど、お猫様の前じゃ、なんかリラックスしてるっていうか」

「あ、ギャップ萌えってやつ？」

「それ、古いって」

　女子トークに耳を傾けながら、オレはため息をついた。彼氏でないのは確からしいが、まどかちゃんのあの眼帯男に対する印象は決して悪くない。

「連絡先とかは？」

「スマホ持ってないんだって。いまどき珍しいよね」

「じゃあ、もう会えないじゃん」

「また猫カフェで会えたらいいなって言ってたよ」

「きゃー！　なに運命的な再会の予告してんのよ！　絶対そいつモテるね」

「そうかな～」

「そうだよ！　気をつけなよ。モテを自覚してる男にロクなのいないから」

　そうだそうだとオレは激しく同意した。

「まあ、そのひとと会えるかは別として、お猫様のとこには行きたいしな～」

　まどかちゃんは、あいつとの再会を期待しているようにも思える。

「はあ」

　チャイムが鳴ってふたりの会話が強制終了させられたあと、オレは大きなため息をついた。

　その日の授業は上の空。ノートの端に、眼帯男の似顔絵を描く。妄想ではなく、記憶を基に。絵に描いてみて、オレはなおさら落ち込む。

（イケメンだな）

右目の眼帯と、それを隠すような長い前髪。そこを仮にマイナスポイントだとしても、おつりがくるくらいのイケメンだった。

（しかも、猫好きという共通の趣味）

オレも猫が好きだったらな。そう思ってハッとして、カバンに付いたキーホルダーを見る。

（ぼっちぼろまるって猫じゃね？）

よく見れば猫耳に見えるような。しかし、もしぼろまるが猫だとしても、これを猫好きとしてまどかちゃんにアプローチするのは危険すぎる気がした。

「無理があるよな〜」

そう小声で独りごちた瞬間だった。

「いたっ！」

突然右頬になぐられたような痛み。また例の妄想からくる錯覚だ。

「どうした、落瀬？」

先生が心配そうな声をかけてきた。

「あ、なんでも……」

そこまで言いかけてオレは「ちょっと体調悪いんで、早退してもいいですか」と勇気を振り絞って申し出た。

「ああ、今日はもうホームルームしかないし、無理すんな」

先生はそう言って軽く許してくれた。

オレは逃げるように教室を出た。なんでだろう。いまは、まどかちゃんと同じ空間にいるだけでつらかった。

そこにいるだけで、まどかちゃんとあの男のことを妄想してしまう。耐えられない。オレは発達しすぎたこの妄想力を恨めしく思った。

まっすぐは帰れない。母さんに「は？　あんたサボったの？」と言われかねない。オレはぶらぶらとあてもなく街を歩いていた。

気づけばそこはカミナリ・ストリート。妄想したくなくて早退したのに、結局心はまどかちゃんとあの男にとらわれてしまっているのだと悟る。

「ここが、現場か」

オレは猫カフェを窓の外からそっと覗いてみる。中には毛の長いのや短いの。ほっそいのやむっくりしたの。真っ白なのから真っ黒なのまで、さまざまな猫が自由気ままに過ごしていた。

それらの猫を愛《め》でる客たちの顔はまさに「溶けて」いて、まどかちゃんが「お猫様の奴隷」という表現をしたのもわかるような気がした。

「あいつは……いないか」

残念なような、ホッとしたような。

「いや、あいつと会って、どうしようっていうんだ」

オレは自分自身を問い詰めた。夢の中のように「おまえはまどかちゃんにふさわしくない」と宣戦布告するつもりか。それこそ「イタいやつ」だと思われて終わりだ。

「そこ、どいてくれる？」

背後から声がして、オレは慌てて「すみません」と場所を空けた。いつのまにか、猫カフェの入り口を塞ぐ位置に立ってしまっていたらしい。

「いらっしゃいませ～」

避《よ》けたオレの横を抜けて、男がひとりカフェの中に入っていった。

(あいつだ!?)

パーカー姿の眼帯男が、中で店員と話している。二言三言交わしたかと思うと、すぐに男は猫エリアへと。

(あいつが蕩《とろ》けるような顔を……？)

にわかには信じられなかった。オレはその瞬間を見てやろうと、窓の外から男をじっと観察していた。

するとと、じゃれていた猫が男の眼帯をとってしまった。そこには大きな傷が。男は、慌てて猫から眼帯を取り返すと、すぐさま右目に付け直す。まるでその傷が見られて困るものだったかのように周囲を確認している。

そのとき、眼帯を付けていない左目と、窓の外のオレの目が合った気がした。

（え？　気づかれた？　まさか？）

窓の外からの視線なんて気づくわけがない。しかし、男の左目はオレをばっちりロックオンしている。

（ヤバい！）

オレは慌てて踵《きびす》を返し、猫カフェから離れた。ダッシュ。カミナリ・ストリートを駆け抜ける。

（なんだよ、あの目。こわっ！　普通じゃないって）

外からの気配に気づく敏感さも、対象を捉えるまるで捕食者のような目力も、思い出すだけで震えが止まらない。

（ギャップ萌えがすぎるだろ！）

オレはまどかちゃんのことが本気で心配になってきていた。

（あいつ、本当に大丈夫なやつなのか）

そもそも、高校生が早退するような平日のこんな時間にふらりと猫カフェに来るような男だ。普通のサラリーマンではなさそうだ。

（ヤバいやつなんじゃないのか？）

ある程度猫カフェから離れて落ち着いたオレは、カバンからノートを取り出して、男の似顔絵を描いた。右目には眼帯の代わりに大きな傷。

【ヤバい？】【カタギ？】【悪いやつ？】

思った感想をメモとして書き加えていく。

「あれ？」

ノートにメモりながら歩いていくと、不思議な「デジャヴ」があった。視界の端に、見たことのあるものが見えたような気がしたのだ。

オレは立ち止まって、その「デジャヴ」の正体を探した。

「あった！」

そこは交番の前だった。オレが見たことがあると思ったものは、外にある掲示板。

【重要指名手配犯】と書かれた手配書ポスターに、右目に大きな傷がある「人相画」が描かれていた。顔は違う。ただ、その傷は、オレの描いた似顔絵とまったく同じ位置にあった。

【北中《きたなか》　あきら（37）】

これがあの眼帯男の名前だろうか。手配書をよく読むと【国籍不明】【ブローカー】

【人身売買】などの文字が躍る。

闇社会では有名な男のようだった。

(偶然か？　別人か？　いや、でも、この傷は……？)

「なにか、お困りですか？」

あまりに真剣に手配書を見ていたからだろうか、交番の中からお巡りさんが出てきて声をかけてきた。

「え？　あ、その。この……」

と、北中あきらを指差しかけて、オレは咄嗟《とっさ》にその手とノートを背後に隠した。

「いえ、なんでもないです」

お巡りさんは不思議そうな顔をしていたが、オレは無視してその場を立ち去った。

またダッシュ。オレは今日、何回カミナリ・ストリートを駆ければいいのだろうか。

(なんで『こいつ知ってます』って言わなかったんだ？)

心の中のオレが、オレに問いかけてくる。

(傷はいっしょでも、顔は違った)

オレは答える。

(闇ブローカーなら整形くらいしてるかもしれないだろ？)

心の中のオレはさらに問い詰めてくる。

（それはそうかもしれない。でも、違ったら？）

まどかちゃんが気になっているひとを勝手に指名手配犯だと騒いで人違いだったら。

まどかちゃんはオレのことをどう思うだろう。

（大丈夫、いつもみたいに笑って許してくれるって）

（許してくれなかったら？）

（そんときはそんときだろ？）

（そんな簡単に割り切れるならこんなに悩んでない！）

オレとオレの問答は、オレが駆け続けている間、ずっと続く。

（幻滅されたらどうするんだ？）

（挽回《ばんかい》すればいいだろ！）

（どうやって？）

（知らねーよ！）

（ほらみろ、おまえも責任とれねーじゃん）

心の中のオレが黙った。いや、オレ自身、もう考えがまとまらなかった。

「はあはあはあはあ……」

とっくにカミナリ・ストリートは抜けていた。いつの間にかオレんちのそばまで帰ってきていた。息が苦しい。心が乱れる。頭の中は混乱してぐちゃぐちゃだ。

「ピンポーン」

気づけばオレは【佐駅《さえき》】と表札のかかった家のチャイムを鳴らしていた。

第一部

走れルーザー

「なんでうちでゲームしてんだよ、友成」

ネクタイを緩めながら「遊《ゆう》にい」が言った。

「だって、おばさんが上がっていいって言うから」

ここ佐駅家は、オレんちのご近所さん。昔から家族ぐるみで付き合いがある。特に次男坊の遊にいは、小さい頃よく遊んでくれた数少ないオレが心を許せるひとだ。

「なんかあったのか？」

ネクタイを外した遊にいが、ベッドに腰掛けてオレに尋ねた。

「え？」

「え？　じゃねーよ。おまえが俺んちに来るときはたいていなんか悩んでるときだろ」

遊にいの言う通りだ。中学生の頃、この妄想癖のせいでオレがクラスから浮いてしまったときも悩みを聞いてくれたのは遊にいだった。

――いんじゃね、妄想。想い描くチカラを失ったら、人間は退化すると俺は思うぞ。

いまでもそのときの遊にいの言葉はオレの中に残っている。だから、その後、ぼっちが続いても妄想することだけはやめずに済んだのだ。これがオレの「チカラ」だと遊にいに認めてもらっていたから。

「今回はなんだ？　またクラスになじめないのか？」

「ん？　ああ、それはいいんだ」

「いや、よくはねーだろ！」

遊にいは、宙に手刀を振り上げツッコミを入れる。しかし、すぐに姿勢と視線を戻してオレの目をまっすぐに見た。

「大事なものができたんだな」

「遊にい、なんでわかんのさ」

エスパーかよ、とオレは思った。それとも、二十四歳にもなると人間はみな子どもの考えていることくらい読めてしまうのか。

「そんなわけねーだろ。俺も大事なものに気づいた瞬間があったからさ」

そう言った後に、「いや、『気づかされた』のほうが正しいか」と遊にいは独り言のようにつぶやいた。

「そうなんだ」

やはり遊にいのところに相談にきてよかった。オレは、まどかちゃんと眼帯男のことについて説明した。もちろん、オレがまどかちゃんに一目惚れしたことには触れず。

「なるほど」

説明をすべて聞いて、遊にいはしばし考えごとをしていた。

「わかった」

遊にいはそう言うと、オレにノートを貸せと言ってきた。言われた通りに渡すと、そこになにやら書き込んでいく。

「ここに書いてあるものを、明日、電気街で買ってきな」

ノートに書いてあったのは、見たことも聞いたこともないカタカナやら記号やら数字やら。

「電気街のおっさんに訊けばわかるから」

そうだった。遊にいは子どもの頃からゲームとか機械系が大好きで、いまでもそういうのに詳しいんだった。

翌日、オレは早速学校帰りに電気街に行って、指示通りの部品を買って遊にいのところに持っていった。

「あ、それも貸してくれ」

遊にいは、オレのカバンに付いているぼっちぼろまるのキーホルダーを指差した。

「これを？　なんで？」

「いいから。おまえの悩みは、きっと大好きなぼっちぼろまるが解決してくれるから」

　意味がわからない。でも、そもそもオレにぼっちぼろまるを教えてくれたのは遊にいだ。その遊にいの言葉を疑う余地はない。

「じゃあ、ちょっと時間もらうけど、今週土曜にまたうちに来な」

　水、木、金。ドキドキソワソワしながらオレは過ごした。いまこのときにも、眼帯男が「北中あきら」となってまどかちゃんを攫《さら》っていってしまうのではないか。そんな妄想がオレを焦らせた。

　土曜日。

「できたぞ」

　遊にいがそう言ってオレに手渡してくれたのは、貸してあったぼっちぼろまるのキーホルダーだ。

「え？」

　遊にいリスペクトのオレだって、さすがにこんなリアクションになってしまう。

「ははっ！　中身のほうを改造してあんだよ」

　遊にいは笑って説明してくれた。

「中身？」

「ああ。いまそのぼっちぼろまるキーホルダーには、ＧＰＳ機能と盗聴機能が搭載されている」

「じーぴーえす？　とうちょう？」

遊にいの言葉が頭の中でうまく変換されない。

「つまり、その眼帯の男が本当に悪いやつじゃないか確認したいんだろ？」

その通りだ。

「そのための改造？」

「ああ。そいつをなんとかして眼帯男に仕掛けるんだ。どんなに表でいい顔してても、裏の顔があるならそいつの盗聴機能でその瞬間がわかるかもしれない。どこにいるかもＧＰＳが教えてくれる」

「すげえ、遊にい。スパイみたい！」

オレは興奮して叫んでいた。まるで漫画の登場人物のようだ。

「よせよ。俺、もう二十四だぜ。いい大人がスパイごっことかさ」

そう言いながらも遊にいはまんざらでもなさそうだった。

遊にいにお礼を言って、オレは例の場所を目指した。そう、あの猫カフェだ。オレにはあの眼帯男の居場所で心当たりがあるのはあそこしかないから。

店の向かいの路地裏に身を潜めて待った。

「来ない……」

日がとっぷりと沈むまで待ったが男は来なかった。猫カフェもそろそろ閉店の時間だ。窓の奥で店員さんが片付けを始めていた。

結局、その日は諦めて家に帰った。

日曜日。

オレは朝からカミナリ・ストリートで「張り込み」を開始した。

コンビニで「アンパン」と「牛乳」を買ってきた。父さんと昔観《み》た古い刑事ドラマで、「張り込みにはアンパンと牛乳」というシーンが出てきたからだ。

刑事ごっこをしたいわけじゃない。カタチからでも入らないと勇気が出なかったからだ。いまだって、膝は小刻みに震えている。

もし男が猫カフェには現れなかったら。

もし男が隠れているオレに気づいたら。

もし男がナイフとか持っていて襲ってきたら。

妄想の中で、オレは腹から血を流し、路地裏に倒れていた。

（いやだ、いやだ、いやだ）

震えが一層ひどくなる。しかし、オレはその場を去ろうとはしなかった。

もしまどかちゃんがあいつに攫われて酷《ひど》い目にあったら。

その妄想だけは現実にするわけにはいかなかった。自分が血を流して倒れるよりも、オレはその結末のほうが恐ろしかった。

震える膝を両拳で何度も殴りながら、オレは自分の恐怖心と闘いながら、ずっと待った。眼帯の男が現れるのをずっと待った。

また日が沈もうとしていた。オレンジ色だったのに、少しずつ夜の色が混じっていく。

(こういう時間を『逢《お》う魔《ま》が時』って言うんだっけ？)

いつか読んだアクションホラー漫画の設定であった。昼と夜が交代するその瞬間に現れる「妖魔」。それを退治する「妖魔ハンター」の主人公。おもしろかったな、あの漫画。そんなことを考えているときだった。

背中にぞくりと寒気がした。

(何か来る!?)

いや、そんな予感がしただけだった。しかし、その予感は、直感は、現実となる。

「そこ、邪魔」

背後から声がして振り返る。

すでに薄暗くなってしまった路地裏の奥からあの男がぬぅっと現れた。

「ひっ！」

思わず悲鳴が口からこぼれる。なんてとこから出てくるんだ。猫カフェに行くにしても、まっすぐ商店街の真ん中を通ってくればいいものを。

一方で、路地裏の暗闇から現れるというのはこの男の本性を現しているような気もした。表を堂々と歩けない暗闇の住人。オレの妄想は、もはや確信に変わろうとしていた。

「す、すみません」

そう言って、頭を深く下げる。なるべく顔を見られないようにしたかった。

「ドウイタシマシテ」

少しぎこちない、そして、いまの回答としてはふさわしくない「どういたしまして」には一ミリも感情がこもっていなかった。言葉の意味とは裏腹に冷たく尖った印象を与える。

だが、逆にそのセリフでオレは覚悟を決めた。

（いましかない！）

オレはポケットからぼっちぼろまるのキーホルダーを取り出す。

眼帯の男は避けたオレの脇を抜け、猫カフェに向かおうとしていた。

（いまだ！）

しかし、覚悟を決めたはずなのに、オレの手は震えて動かない。

（おい、しっかりしろ！　オレ！　ここを逃したらもうチャンスはないぞ）

オレは男から死角の位置に立っている。路地裏で薄暗く、オレが多少何かしても男からはよく見えない。絶好のチャンスだ。わかってる。でも、身体が強張《こわば》る。

「仕方ないなあ」

耳元でそんな声が聞こえた気がした。幻聴だろうか。

直後。オレの手の中にあったぼっちぼろまるのキーホルダーがふわっと浮いて、眼帯男のパーカーのフードの中に音もなく吸い込まれていった。

（え⁉）

一瞬、何が起きたのかわからなかった。でも、これは見間違いでも、オレの妄想でもない。確かに、ＧＰＳ機能と盗聴機能を搭載したぼっちぼろまるのキーホルダーを眼帯男に仕掛けることができた。

回れ右。オレは急いでその場を離れた。カミナリ・ストリートを抜け、公園のベンチに座る。

スマホを取り出し、遊にいにダウンロードしてもらっていたアプリを起動する。このアプリがぼっちぼろまるキーホルダーと連動しているのだ。

イヤホンから声が聞こえる。

《……ザ……あ〜、猫はいいな。うん、猫はいい……ザザ……》

少しノイズは入るが、これだけ離れても十分聞こえる。

《……あ〜、でも、おまえらと会えるのも次が最後かもな……ザ……》

(最後？　どういうことだ)

《……そろそろ決行しないといけねーんだよな〜。あの客、急げ急げってうるせーし》

(客？　もしかして、人身売買の依頼者？)

オレはイヤホンを耳の奥に押し込んで、さらに聞き耳を立てた。しかし、その後はただただ「猫はいい」を繰り返すだけで、有益な情報は得られなかった。これだけでは、あの男が闇ブローカーの「北中あきら」である「証拠」にはならない。

仕方なくオレは家に帰った。もやもやとしながらも、母さんの作った晩ごはんを食べ、父さんとバラエティ番組を観て、ベッドにもぐった。

「まどかちゃん、大丈夫だよな」

心配と焦りばかりが心の中で膨らんでいく。でも、どうすることもできないまま、日曜の夜は更けていった。

月曜日。

「おはよー」

まどかちゃんが元気に教室に入ってきた。女子の友だちとなぜかハイタッチとかしている。

(よかった。無事だった)

オレはホッと胸をなでおろす。まさか眼帯男も学校までは入ってこないだろう。少なくとも学校にいる間は安全だ。

「あれ、落瀬くん。いつもの猫ちゃんキーホルダーは？」

「え!?」

突然まどかちゃんに声をかけられて、オレの頭の中に三つのクエスチョンが浮かぶ。

(なんでまどかちゃん、オレなんかに声を？)

(つか、ぼっちぼろまるのキーホルダーの存在、認識してたの？)

(しかも、ぼっちぼろまるはまどかちゃんの中では猫なの？)

「?・」がぐるぐる回って、オレは混乱していた。

「失くしちゃったの？　あれ、可愛かったのにね」

そう言ってまどかちゃんは、他のクラスメートのところに行ってしまった。

「確かに、可愛かった」

聞こえるか聞こえないかの小さな声でそうつぶやいたのは、右隣の河合だった。

「ウソだろ?・」と思って顔を見ると、河合は真っ赤になった顔を背けた。

「いいな、月曜の朝からまどかちゃんに声かけられるとか」

またも独り言のボリュームでのつぶやき。これは、背後から聞こえた。真面の声だ。

「落瀬、スマホしまっとけよ」

そう忠告してくれたのは、左隣の常盤。

「あ、そうだった」

眼帯男の「位置」をアプリで見張っていたので、机に出しっぱなしになっていたのだ。先生に見つかったら没収されてしまう。いま、このスマホを失うわけにはいかなかった。

「ありがと」

そう小声で常盤に返すと、にかっと笑い返してくれた。

「ほら、席つけー。ホームルーム始めんぞー」

先生が教室に入ってきて、みながガタガタと席につく。月曜が、いつもの日常が始まる。オレは安堵《あんど》のため息をついた。

しかし、それはオレの油断でしかなかったことに放課後気づくのだ。

「あ、落瀬、いいところに。これ片付けといてくれないか？」

いつものゴミ捨て係の仕事を終え、ゴミ捨て場から立ち去ろうとしたときのことだった。生物の先生が、洗剤やら石鹸《せっけん》やらたわしが入ったバケツをオレに無理やり手渡してきた。

「え？」

「じゃあ、よろしくな〜」

どうして先生たちはオレを見ると用事を押し付けるのだろうか。そんなにオレは暇そうに見えるのだろうか。帰宅部はそんなに悪いことなのか。

ぶつぶつ言いながらも、オレはスマホに繋《つな》いだイヤホンを耳につけた。もう放課後だ。さすがに注意されないだろう。そう思って。

《……ザ、ザ……おせえ、あいつ……ザ……ザザ……》

ちょっと距離が離れすぎたのか、ノイズがひどい。それでも、眼帯男が誰かを待っているのはわかった。

オレは嫌な予感がして教室に戻った。いつもならまどかちゃんは放課後、教室で友だちとおしゃべりしたり、ダンスの練習をしたりしている。この時間ならまだ教室にいるはずだった。

(いない!?)

いつも連《つる》んでいる友だちはいたが、肝心のまどかちゃんが見当たらない。

「あ、あ、あの、まど、いや、も、茂木さんは？」

思い切ってその女子たちに声をかけてみた。噛《か》み噛みだし、きょどってるし、印象最悪だろうけど、いまはそんなこと言ってられない。

「ああ、まどか？　なんか今日は約束あるからって、ソッコー帰ったよ」

「あれ、絶対カレシだって。まどか、ウキウキしてたもん」

「あ、やっぱ？　まどかは否定してたけど、間違いないよね、あれは」

いまそんなことは聞きたくない。オレは女子ふたりに頭を下げて、教室を飛び出した。

《……ザ、ザ……ちょっと、外で話さないか……ザザ……》

電波のせいなのか、さっきまでうまく聞こえなかった眼帯男の声が再びイヤホンから聞こえてくる。

誰かといっしょにいるようだ。どうかまどかちゃんでありませんように。オレはそう願いながら、靴を履き、校舎を飛び出した。

《……ザザザ……ザ……え？　いいけど。どこ行くの？　……ザザッ……》

まどかちゃんの声だった。オレの願いは叶わなかった。最悪の事態だ。オレはグラウンドを突っ切って校門から飛び出した。

《……ザ、ザ、ザ……あ〜、もったいねえな〜。おまえと話すの結構楽しかったんだけどな〜……ザ……》

《……ザ……え？　なに？　なんで過去形？　それに、なんか顔怖いし。どしたの？

大きなノイズが入って声が途切れた。オレの鼓動が速くなる。頼む、間に合ってくれ。

……ザザザザ……》

しかし、その思いと裏腹に、オレの足の動きは鈍くなる。

目的地はGPSが教えてくれている。カミナリ・ストリートの裏路地だ。「裏」。それは、あいつがいちばん似合う場所。そして、本性を現す場所だ。

裏路地の薄暗い闇から現れたあいつの顔が蘇る。恐ろしい。足が震える。気づけば、オレは商店街の入り口で立ち止まってしまっていた。

(ダメだ。オレなんか相手になるわけない)

拳をぎゅっと握る。左手に変な感触。

(あ、バケツ持ったままだった)

そのことにも気づかずここまでがむしゃらに駆けてきたのか。けど、その勢いもここまでだ。恐怖がオレを冷静に、いや、臆病《おくびょう》にする。

オレの足は、引き返そうとしていた。

「走れ!」

オレの耳に誰かの声が響いた。いや、これは誰かの声じゃない。オレの心の声だ。

「走れ! 走れ、オレ!」

ぎゅっとバケツを握りなおす。こぼれそうだった恐怖の涙を右手で拭《ぬぐ》う。

「走れぇぇえ！」

気づけは再びオレは走り出していた。しかも、叫びながら。

商店街のひとがオレを見て、ギョッとする。

「うわ、あぶね！」

誰かとぶつかりそうになる。それが歩きスマホをしていた常盤だと気づいたのは、背後から「落瀬じゃん。どうした？　そんなに急いで」と声をかけられてからだった。

「お、お、落瀬くん⁉」

ちょうど本屋から出てきた真面が、必死に走るオレを見てメガネの奥で目を丸くしていた。オレは真面のほうを見ることもできず、ひたすら走り続けた。

「いって！」

誰かと派手に肩がぶつかった。オレは体勢をくずし、バケツが前方に投げ出される。

「てめえ、どこに目ぇ……ってなんだ、落瀬かよ」

河合だった。

「なんだ、そんな慌てて」

河合は、オレといっしょに飛び散った洗剤や石鹸を拾ってくれる。

「ご、ごめん！」

わけは言えない。河合たちを巻き込むわけにはいかない。あれ、おかしいな。なんで、オレ、ライバルのはずの河合たちのことまで気にかけてるんだ。

「ああ、いいって、いいって。落瀬、いまマジな眼してんもんな。そういうやつを邪魔したりしねーよ、俺は」

河合はそう言うと、拾ったバケツを手渡してくれた。

「あ、ありがとう」

オレは河合に礼を言うと、走った。もう鼓動バクバク。呼吸はゼエハア。足はガクガク。でも、オレは走った。

《……え？　やめて！　あきらくん？　ちょ、ちょっと！　きゃっ！　ザザザッ……ザザ……》

まどかちゃんからのエマージェンシー。オレは全速力で走り続けた。

「あ？　なんだ、おまえ？」

ＧＰＳの示す場所。たどり着いたら、そこには眼帯の男、いや、右目に大きな傷跡の男がいた。この顔、手配書の「北中あきら」に間違いない。

「落瀬くん⁉　なんでここに？」

北中あきらの背後にはまどかちゃんがいた。そいつに仕掛けた盗聴器兼ＧＰＳのおかげだよ、とはさすがに言えない。引かれちゃう。

「来ちゃダメ！　このひと悪いひとだった」

まどかちゃんが泣きそうな声で叫んだ。でも、オレは驚かない。だって、まどかちゃんより先にオレはそのことを知っていたんだから。

それよりも気になったのは、まどかちゃんの頬が少し赤くなっていたこと。

「あ、これ？　あんまぎゃーぎゃー、騒ぐからさ」

北中あきらは、右手をぷらぷらと振った。

「殴ったのか？」

自分で自分の声にびっくりした。明らかに怒りがこもっていた。生まれて初めて出したぞ、こんな声。

「ちょっとなでただけだ」

北中あきらはヘラヘラと笑っている。

「……許さない」

「は？　なんだって？　よく聞こえねーな」

北中あきらは、耳に手を添えるジェスチャーをして、こちらを煽ってくるが、煽られなくてもオレの怒りはとうにマックスを超えていた。

「落瀬くん!?」

まどかちゃんが叫ぶより早く、オレの身体は前傾姿勢をとっていた。

「ウオーウオー」

全身全霊の叫びをあげて、オレは北中あきら目がけて頭から突っ込んでいった。

「バキッ！」

気づけばオレは地面に尻もちをついていた。遅れて顔に鈍い痛みが走る。カウンターで殴られたのだと脳が理解するには、十秒の時間を要した。

「もういいだろ、高校生。オレはプロだぞ」

見下すように吐き捨てる北中あきらの言葉はオレの耳には届かない。

オレは立ち上がって、落としたバケツを拾った。

「喰《く》らえ、大・天・罰!!」

バケツの中身をぶちまける。

飛び出していく洗剤。まだ中身はたっぷり入ってる。頭に当たれば結構な衝撃だ。

しかし、北中あきらは、これを華麗にかわした。

だが、洗剤のボトルの陰に隠れていた石鹸が額に見事命中。

「いってーな。トイレ掃除なら、ここじゃねーぞ」

全然効いてない。不敵に笑う北中あきらが、オレのほうに一歩踏み出した。そのときだ。

「うおっ!?」

地面に落ちた石鹸を踏んで、北中あきらは足をすべらせた。前のめりに半回転。すっかり油断をしていたのか、受け身もとれずに路地裏のごつごつのコンクリートに頭部を強打した。北中あきらはうつ伏せになったまま、ぐったりとして動かない。

「いまだ!」

オレは、まどかちゃんの手をがしっと掴んだ。倒れたままの北中あきらを踏み越えて、路地の向こう側へとふたりで脱出した。

「走って、走って、走って!」

「え、え、え?」

ちょい引き気味のまどかちゃん。まだ目の前で起きたことが整理できていないようだった。けど、それはオレもいっしょだ。

頭の中は大混乱。アドレナリンだけがずっと出っ放し。鼓動バクバク、呼吸はゼエハア。足はガクガク。でも、心はワクワクしていた。

「だ、だ、だ、大丈夫?」

やっと立ち止まって振り返ったのは、交番の前。

「う、うん。大丈夫」

まどかちゃんの返事を聞いた後、オレは交番の中に入っていった。

もちろん、指名手配犯の「北中あきら」を見つけたという通報と、その闇ブローカーが犯行におよぼうとした一部始終を録音した証拠を提出するために。

Whoa!

「おはよー、落瀬くん」

教室前の廊下で、まどかちゃんに挨拶された。

「お、おは、おはよう」

振り返ってオレはたどたどしくもちゃんと目を見て挨拶を返した。

「昨日は、ありがと」

昨日。そう、昨日のことがまだオレには夢のようだった。まだあれは全部オレの妄想だったのではないかと思ってしまう。

けど、思い切り殴られた頬は腫れてるし、尻もちをついたところは湿布を貼ってある。満身創痍《まんしんそうい》。でも、それが何より昨日のことが現実であったことの証《あかし》だった。

「あ、あ、あのさ」

オレの心には昨日の勢いで火がついたままだった。

「何を言うつもりだ、オレ？」ともうひとりの冷静な自分が制止しようとするも、止まらない。

「オ、オ、オレ、まどかちゃんのこと……」

視界の端に、クラスメートたちが見える。どうやら、オレのあまりの大声とテンションに何事かと見物に出てきたらしい。

けど、もう遅い。オレの口からは、人生初の、いや、一世一代の告白が飛び出した後だった。

「おおおお！」

教室内から歓声が起こる。

にやりと笑う河合の横顔。親指を立てる常盤。半べそかいてる真面。チャイムが鳴ったにもかかわらず先生はホームルームを始めずにいてくれている。

オレは視線をまどかちゃんに戻した。彼女は少し考えているようだった。

一秒、二秒、三秒。永遠に感じるような沈黙の時間。しかし、実際には五秒と経《た》たずに、まどかちゃんが口を開いた。

「てかさー、まず友だちなろうよ。あと落瀬くん、クラスFINE入ってないよね？招待しとくー」

そう言うと、まどかちゃんはまごつくオレに的確に指示を出してスマホにバーコードを表示させる。

「ピロン！」

読み取り完了の合図を確認すると、まどかちゃんはさっさと教室に入っていった。

「えええええええ!?」

いまのは「イエス」か、それとも「ノー」か。はたまたどちらでもないのか。わけがわからないオレはそのまま廊下に仰向《あおむ》けになってしまった。

「ファイン！」

オレのスマホから通知音が響く。

【これからよろしくね】

まどかちゃんからのメッセージ。オレはすぐさまグループの招待を承認する。

【落瀬友成がグループに参加しました】

直後、クラスメートから次々に【よろしく】【待ってたぜ】【ちょっと話きかせろよ】とメッセージの乱射撃。

オレの大告白の結果は、ひとまずうやむや。

けど、昨日までと今日で確実に変わったことがひとつあった。

ぼっちのオレが、ぼっちじゃなくなった。

「これってすごいことなんじゃ⁉」

感動に浸るオレを見下ろして、先生が言った。

「アオハル結構。でも、そろそろホームルーム始めるぞ」

オレは慌てて、教室に飛び込んだ。

【第一部　完】

おまけ

名前のない男

「起きろ！　点呼だ。二二《にひゃくにじゅう》二《に》番」

男は気だるそうに起き上がると、あくびまじりに返事をした。男は数字で呼ばれることにたいした拒否感はなかった。

『北中あきら』

つい最近まではそう名乗っていたが、これも男の本当の名前ではない。そもそも男には名前などないのだ。

男は中国で生まれた。「ブラックチルドレン」。戸籍のない子どもをそう呼ぶのだと知ったのもつい最近のことだった。

名前もない。戸籍もない。そんな男にも親友はいた。

――俺は『崙《ロン》』にするわ。

そいつは、自分の名前を自分で勝手に決めた。ふたりが六歳の頃だったと思う。

――お前は、喧嘩《けんか》が強いから『武《ウー》』はどうだ？

男の名前は嵤が勝手に決めたものだった。しかし、初めて他人から「何か」をもらった男はその名前をいたく気に入った。

ふたりが八歳の頃、「組織」の下働きとして日本にいっしょに連れて来られた。日本でもすることはいっしょだった。

生きるために奪う。それだけだ。だから、その逆もありえることを、男は理解していた、つもりだった。

嵤が死ぬまでは。

あっけない死だった。嵤の死体は東京湾に沈み、いまも見つかっていない。見つかったとしても身元不明の死体だ。その存在を確認できるのは、この世界で男を除いて他にいない。その事実に男は生まれて初めて涙を流した。

男は親友の名をもらい「武嵤《ウーロン》」と名乗ることにした。闇社会での通り名だ。やがてその名は闇社会で有名なブローカーの名前となった。

宝石、車、薬、そして、ひと。金になるものはなんでも扱った。

しかし、目立ちすぎた男は、顔も知られるようになった。闇医者のところで顔を変えてもらう。何度も、何度も。途中右目のところに大きな傷が残ってしまうが、男はさほど気にしてはいなかった。

気づけば男の顔は親友の嵤そっくりになっていた。意識したわけではなかったが、心のどこかで崙のようになりたいと思っていたのかもしれない。

崙は見た目のよいやつだった。イケメンという武器が男にプラスされた。

新しい街での仕事は、この顔のおかげでうまくいった。

声をかければ女たちがすぐに釣れるのだ。

ただ、あの女だけは男から声をかけたわけではなかった。

――猫って溶けちゃいますよね～？

確か、まどかという名前だったか。男の容姿にではなく「猫好き」な面に惹《ひ》かれたという珍しいやつだった。

裏表も、差別も、ひとの上下もない、フラットな考え方のまどかという女が男は嫌いではなかった。

こうして猫とまどかといっしょに日常に溶けてしまうのもいいかと思っていた。

だが、生まれてからずっと闇社会に生きてきた男に神は微笑《ほほえ》んではくれなかった。

――コノ姉妹、気ニイッタ。ツレテコイ。

どうやら、まどかの姉はネット上ではそこそこ有名らしい。インフルエンサーというのだと男は初めて知った。

その姉が妹のまどかといっしょに撮った動画がクライアントの目にとまってしまったのだ。

そのクライアントの趣味は男でも顔をしかめたくなるようなものだった。できれば断りたかった。しかし、名前すらない男に拒否する権利などあるはずもなかった。

――仕方ないんだ。

男はまどかを連れて行くと決めた日、路地裏で彼女にそう伝えた。本心だった。崙と猫以外に本心を伝えたことなどはなかったが、それは自然に出てきた男の気持ちだった。

――喰らえ、大・天・罰!!

自分を倒した高校生の顔を思い出す。確かに天罰に違いない。男はそう思った。それだけのことをしてきたし、いつかは罰を喰らうと覚悟もしていた。

喰らうなら、こいつからがいいか。

なぜだかそう思ってしまった。あの石鹸だって足元にあったのは見えていた。受け身だってとろうと思えばとれた。しかし、男は、すべてを終わりにしたかったのだ。

「おい、二二二番、聞いてるのか？」

「はいはい。聞いてるよ」

男は面倒くさそうに右目をかいた。髪の毛を短く切られてしまったせいで、右目の傷が直接空気にあたってこそばゆいのだ。

なんとでも呼べよ。

名前のない男はそう思った。だが、その番号が「二二二《ニャンニャンニャン》」とも読めることを知って男はぷっと吹き出した。死ぬまで名前がなかった猫の話を思い出したのだ。

そういう生き方も悪くない。男はそう思うようになっていた。

第二部

OTOSE THUNDER

第二部

二度目の

稲妻にうたれました。

死にました。そして、蘇《よみがえ》りました。

今度は喩《たと》えじゃない。夏休み初日。季節外れの雷予報。気にせず出かけて河原を散歩。ピカリと空が瞬《またた》いたと思ったら、ドガンと身体《からだ》を貫く衝撃。

オレ、落瀬《おとせ》友成《ともなり》の人生は間違いなくそこで終わったと思った。光の速度に走馬灯すら追いつけなかった。

蘇られたのは、本当に奇跡。しかも、普段あてにならない神様なんかの奇跡じゃない。そう、ぼっちぼろまる様の奇跡だった。

＊

「おい、起きろ！　起きろって」

ぴちぱちとオレの頬を小さな何かが叩《たた》いている。

「う、う〜ん」

稲光の後の衝撃までは覚えているが、その後の記憶はない。やっぱりオレは死んだんだ。だって、目の前に小さなぼっちぼろまるの姿が見える。

「あれ、ぼろまるが見える。ああ、そうか、ここは天国か」

「なんで自分が天国行きって自信があるんだ。びっくりだな」

ぼろまるはオレに「ツッコミ」を入れてくる。

「え？　っていうか、ぼくが見えてんの？」

逆にぼろまるがびっくりしている。一体、どういうことだ。

「ああ、やっぱり。蘇らせたときの電気ショックで次元迷彩《じげんめいさい》のシステムにバグが生じてる……」

ベッドに横たわるオレの枕元で、ぼろまるはぶつぶつと意味不明なことをつぶやいている。

「次元迷彩？」

ぼろまるはまだぶつぶつ言いながら考えごとをしているみたいで答えてくれない。

「次元迷彩？」

「うるさいな！　聞こえてるよ。いま説明するから待ってなって」

「は、はい！」

せいぜい二十センチかそこらのサイズのぼろまるだが、その声量はオレをびびって起き上がらせるほどのパワーがあった。さすがミュージシャンだ、とオレは変なことに感心していた。

ベッドの上に正座してしばし待つ。

「ふう。こりゃしばらくはこのままだな」

諦めたようにため息をつくと、ぼろまるはオレのほうを向いて、顔を見上げた。

「はじめまして。いや、ほんとははじめましてじゃないんだけど、ぼく、ぼっちぼろまる。遥《はる》か彼方《かなた》の宇宙からやってきた地球外生命体さ」

親指で自身を指差しながら、ぼろまるは自己紹介をした。

「ぼくの音楽で地球人みんなを虜《とりこ》にしちゃうから、よろしくね！」

オレを撃ち抜くように指差して、ぼろまるは言った。

「あ、あ、い、い、うう、え、え、お、お、お、オレ、落瀬。落瀬友成……です」

人生でいちばん緊張した自己紹介かもしれない。なんせ、あのぼっちぼろまるが自分の目の前にいるのだ。

(あの噂《うわさ》って本当だったんだ！)

SNSで大バズり。

正体不明のミュージシャン。

その正体は宇宙人。

この星にやってきた理由は、音楽による地球侵略。

「デタラメ」すぎる話だけど、こうして目の前に「ホンモノ」がいるとなると、信じざるを得ない。

それに、オレの本心は、すでに「信じるしかない」に大きく針を振り切っていた。

だって、こんなミニサイズの地球人がいるわけない。

「やっぱり夢かな」

オレは、思い切り頬をつねってみた。「痛い！」と思わず声が漏れる。

「そんな古典的なことしなくても、これは現実だし、ぼくはここに存在してるよ」

やれやれと言わんばかりのジェスチャーをしながら、ぼろまるは笑って言った。

「じゃあ、稲妻にうたれたのも、現実……？」

「ああ、残念ながらね」

そこからはぼろまるが丁寧に経緯《いきさつ》を説明してくれた。

あの稲妻は本当に偶然だったらしい。河原の真ん中。避雷針どころか、遮蔽《しゃへい》物もない。一刻もはやく地上に降りたい稲妻は、まっすぐオレ目がけて落ちてきたらしい。

右肩に乗っていたぼろまるはその衝撃で十メートルくらいふきとばされたらしい。

二十センチほどのミニサイズだから、たった十メートルだって駆けつけるのには結構時間がかかったという。

「え？　そのときからぼろまるはオレのそばにいたの？　全然気づかなかったけど」

「だから、それをこれから説明するから！」

話の腰を折ってしまって、注意されてしまう。

「ごめんなさい」

オレの謝罪の後、「気にすんな」とぼろまるは話を続ける。

実はぼろまるはオレが高校に入学した頃から、そばにいたらしい。たまたま見つけたぼっちぼろまるファンが「ぼっち」だったことに興味を持ったからだと言う。

余計なお世話だけど、「ぼっち」のおかげでぼろまるに目を付けられたというのなら、それも悪くなかったのかもしれない。

「じゃあ、時々感じてた右肩の感触とか、空耳かと思った声とかは？」

「そう。あれはぼく」

オレの妄想じゃなかったんだ。そして、ここからやっと「次元迷彩」なるものの説明に入る。

「ぼくの星では、異星の原住民に見つからない技術のひとつとして、次元を捻《ね》じ曲げて存在を隠すってのがあるんだ」

サバイバルゲームなどで着る「迷彩服」をオレは想像した。それのものすごいやつってことだろう。

「友成がぼくの存在を感じたのは、その次元迷彩を一瞬だけオフにしたからなんだ」

本当はその星の原住民に不用意な干渉をするのはよくないらしいのだが、どうしても気になったからと、ぼろまるは舌を出して「てへぺろ」と謝った。

「それ、もう古いよ」

「うるさいな、知ってるよ」

そして、話はオレの蘇生《そせい》のときのことに。

「完全に心臓が止まってたんだ」

そのショッキングな事実に、いまオレの心臓が止まりそうになる。

「河原の真ん中だったからね。『ＡＥＤ』とかもあるわけないし」

「あ、宇宙人でも『ＡＥＤ』とか知ってるんだ」

学校にもいくつか置いてある心停止したひと用の医療機器だ。保健の授業で習ったことがある。

「そもそも、このサイズじゃ、あれ使えないし」

じゃあ、なんで一旦「ＡＥＤ」の話をしたんだ、とオレは思ったが口にはしないでおいた。また話の腰を折って怒られるのはいやだ。

「そこで、ぼくの星のテクノロジーで、友成の心臓に電気ショックを施したってわけさ」

結果、オレは無事蘇った。しかし、そのときのショックで「次元迷彩」が壊れてしまったというわけだ。

「改めて、救《たす》けてくれてありがとうございました」

オレは、ベッドの上で深々と頭を下げた。

「おお！　これが『土下座』か。初めて見たよ」

オレのお礼よりも、初めて見る「土下座」への感動のほうが大きかったようだ。ぼろまるはぴょんぴょんと跳びはねている。

「いいもの見せてもらったな。それに、お礼なんていいよ。ぼくの大事な地球のファンがこんなことで減っちゃうなんて見過ごせなかっただけだし」

ぼろまるはオレの腕を駆け登ってきて、右肩にちょこんと座って言った。

「でも、弱ったな。次元迷彩が壊れたとなると、友成以外の地球人にも見つかっちゃうってことだしなぁ……」

オレの右肩でぼろまるが思案しているそのときだった。

「ちょっと、友成。帰ってきてるなら声くらいかけなさいよ！」

ガチャリとドアが開いて、母さんが突然入ってきた。

「うわっ！　びっくりした！」

本当に突然のことで、ぼろまるをどこかに隠す暇もなかった。

「あ、か、母さん、こ、これは、え〜と、なんていうか……」

咄嗟《とっさ》のことでうまい言い訳も思いつかない。そもそも、オレはこういうアドリブにめちゃくちゃ弱い。

「は？　あんたの右肩がどうかしたの？　ケガでもした？」

「え？　いや、してないけど……」

「なら、よかった。夏休み初日にケガなんて、最悪だからね」

いや、夏休み初日に稲妻にうたれて死にかけたんだけどね、とはとても言えない。

「絵ばっか描いてないで、課題もちゃんとやるのよ」

そう言い残して、母さんは部屋を出ていった。

「いま、見えてなかったよね？」

改めて部屋の鍵をかけたあと、オレは右肩のぼろまるにそう尋ねた。

「そうみたいだね」

ぼろまるは考えていた。次元迷彩は壊れてしまったけど、まったく機能していないわけではないようだ。

「これは仮説だけど」

そう前置きして、ぼろまるは自分の考えを教えてくれた。

「ぼくの星では何よりイマジネーションとクリエーションを大事にするんだ」

「イマジネーション？　クリエーション？」

「想像と創造のことさ」

「ソウゾウ」という同じ音の言葉が二度繰り返される。オレは頭の中でそれを漢字に変換した。しかし、想像と創造が、この現状にどう関係しているというのか。

「つまり、想像力と創造力を持つ人間にだけ、次元迷彩が効かなくなるバグってことさ」

「何それ？」

そんなことがありえるのだろうか。それに、オレは「妄想力」の自覚はあるが、「想像力」や「創造力」なんてたいしてない気がした。

「もっと自信を持ちなよ、友成。このぼくが言うんだから間違いないって」

ぼろまるにそう言われると嬉《うれ》しい。だって、あのぼろまるだよ。オレはその言葉を信じてみることにした。

「じゃ、じゃあ、オレ、もっと自分の『想像力』と『創造力』を磨くよ」

「そうそう！　その意気！」

オレは机に向かった。もちろん夏休みの課題など後回しだ。オレはスケッチブックを取り出して、そこに新しく思いついたキャラを描き出した。

「いいね、いいね」

肩の上でぼろまるが小躍りしている。

オレはぼろまるが嬉しそうにしているのが嬉しくて、どんどん想像をスケッチブックの上に創造していった。

「でもさ……」

ふとペンを止めて、思ったことを口にしてみる。

「こうして考えたキャラと、ぼろまるみたいに会話できたり、いっしょに遊んだりできたら最高だよな」

口にした直後、オレは「いまのなし！」と顔を赤くして前言撤回した。恥ずかしい。何を小学生みたいなことを言ってるんだ。地球外生命体であるぼろまるが存在したという事実がオレの妄想を暴走させてしまったのだ。

「ん？　できるけど？」

ぼろまるが「それが何か？」くらいの「ノリ」で言ってきた。

「ええ⁉　マジで⁉」

「うん、マジで」

ぼろまるはにこりと笑うと、肩からスケッチブックの上に飛び降りた。

「イマジネーション！　アーンド、クリエーション！」

ぼろまるが呪文のようにそう叫んだ、いや、節がついていたし、歌ったというほうが正しいかもしれない。直後、オレのスケッチブックが煌々《こうこう》と輝き出した。

「うわ！　うわ！　うわわ！」

その光はどんどん強くなり、オレの部屋全体を包み込み、視界が真っ白になっていく。眩《まぶ》しさにオレは思わず目を瞑《つぶ》った。

「はいっ！」

ぼろまるのかけ声を聞いたオレはゆっくりと目を開けた。そこにオレの描いたキャラたちが立っていることを期待してワクワクしながら。

「あれ？」

しかし、そこにはお気に入りキャラの「Ｒｉｓｉｎ《ライジン》」もいなければ、そのライバルの「ＦＵ－ＺＩＮ《フージン》」もいなかった。失敗したのか。ただ、スケッチブックはどのページも白紙になっていた。

「どういうこと？」

ぼろまるに尋ねた。ぼろまるはバツが悪そうな顔をしたあと、ぺろりと舌を出して言った。

「みんな、窓から外に飛び出していっちゃった。てへ」

だから「てへぺろ」は古いって。いや、そんなツッコミをしてる場合じゃない。オレは急いで窓の外を確認した。遠くのほうに、一体だけ何かのキャラの背中が見える。

「まずはあいつを連れ戻さないと！」

オレの描いたキャラたちは「Ｒｉｓｉn'」みたいな正義のヒーローばかりじゃない。ヴィランもいれば、迷惑キャラだっている。そいつらが街で騒ぎを起こしてしまったら大変だ。

オレが稲妻にうたれたせいで、この世界がとんでもないことになってしまいそうだ。

「行こう！」

ぼろまるを肩に乗せ、オレは家を飛び出した。

まだ、夏休みは始まったばかりだっていうのに、なんてこった。

「確か、こっちのほうに……」

部屋の窓から見つけられた唯一のキャラは、この道を駆けて行ったはずだ。オレはその手がかりを頼りに逃げ出したキャラのひとりを追いかける。

「あの背中はたぶん……」

オレは自分の考えたキャラたちのデザインを思い出していた。革のロングコートに、黒のシルクハット。英国紳士を思わせるその格好のキャラはひとりしかいなかった。

「ジャック・ザ・アマノだ！」

「それ、どんなキャラ？」

ぼろまるが首を傾《かし》げている。

「十九世紀末にロンドン中を震撼《しんかん》させた連続猟奇殺人者『切り裂きジャック』の英語読み『ジャック・ザ・リッパー』と日本古来の妖怪『天邪鬼《あまのじゃく》』を組み合わせたヴィランキャラさ」

「うわっ、めちゃ早口」

ぼろまるが少し引いている。大好きな漫画のこととなるとついつい早口になってしまうのだ。

「でも、『切り裂き』なんとかがモデルなんて物騒すぎるよ。怪我人とか出る前に早く捕まえないと」

慌てるぼろまるにオレは「ケガはしないと思うけどね」と答えた。

「なんで？」

「確かに『ジャック・ザ・アマノ』は大振りのナイフを持っているんだけど、そのナイフで斬られても、痛くもかゆくもないんだ」

「何それ？　無害じゃん。なのにヴィランなの？」

当然の疑問だ。しかし、ジャック・ザ・アマノが恐ろしいのは、その特殊能力にある。

「ジャックに斬られた相手は、『ホンネ』を喋《しゃべ》ってしまうんだ」

「いわゆる精神感応攻撃《せいしんかんのうこうげき》ってやつね」

ぼろまるの理解が早くて助かる。どうやら音楽のチカラで地球を侵略するために、世界中のありとあらゆる文化を勉強しているというのは本当のようだ。

「でも、待ってよ」

ここでぼろまるがあることに気がついた。

「天邪鬼って『思ってることと逆のことを言う』妖怪でしょ？　ホンネを言っちゃうのってちょっと違う気がするけど？」

ぼろまるの疑問はごもっとも。オレも最初は「斬られると思ったことと逆の言動をする」という設定にしていた。

「漫画にしてみると、意外に複雑なんだ。逆になる設定って」

実際にRisin'とジャックが戦う回の「ネーム」を描いたことを思い出す。

「例えば、主人公が右パンチを打とうとするだろ？　その逆の行動ってなんだと思う？」

オレはぼろまるに質問した。

「え～、右パンチの逆だから、左パンチなんじゃないの？」

「そう。オレも最初はそう考えた。でも、右の逆は左かもしれないけど、パンチの逆は？　そう考えちゃうと、左キックが正解かってなっちゃってさ」

「なるほど。あ、でもそうなってくると『パンチを打つ』の逆は『パンチを打たない』ってこともありえるね。うわ～、複雑」

「だろ？」

結局その回のネームは完成しなかった。設定に振り回されて、ストーリーが進んでいかなかったからだ。

「で、設定を変えたってわけか」

そう。名前も、ナイフを使うのに精神感応系能力ってのも気に入ってたから、ジャックを「ボツ」にするのは惜しかった。設定だけ変えていつかまた登場させようと思っていたのだ。

「なのに、漫画に登場する前に、現実世界に登場しちゃうんだもんな～」

ため息をつくと、ぼろまるが「ごめん」と顔の前で手を合わせた。「てへぺろ」はもうやめたらしい。「古い」と言われたのがショックだったのだろうか。

「いや、キャラを具現化してって頼んだのはオレだし、仕方ないよ」

オレはぼろまるをなぐさめつつ、先を急いだ。

「でも、もしまどかちゃんとかが斬られたら、彼女のホンネが聞けるってことだよね？」

「え？」

ぼろまるの突然の思いつきに、思わず足が止まる。

「まどかちゃんの……、ホンネ？」

その展開は考えたこともなかった。好きな相手の本当の気持ちを知る。確かにジャックの能力ならそういう使い方もできる。

でも、気になるひとのホンネを知りたいなんて、少年漫画じゃなくて少女漫画っぽい。オレは「なし、なし」と両腕をバッに交差させた。

「それに、もしまどかちゃんのホンネが聞けたとして『落瀬くんってキモい』とか言われたら、オレ、立ち直れないよ」

それこそ精神攻撃の威力がハンパない。勝手に妄想して、オレの気分はどん底に。

「ネガティブだな～。闇ブローカーから助けてあげたじゃん。『キモい』なんて思ってないって」

「でも、勝手に手とかつないじゃったし……」

「うわっ！　自己肯定感低すぎ！　気にしてないって、そんなこと」

「そうかな？」

「そうだって！　大丈夫。自信持って！」

ぼろまるに励まされて、なんとか最悪の妄想から抜け出せた。オレは再び駆け出した、そのときだった。

「うわっ!?　なんだ、てめえ？」

誰かの叫び声がした。もしかしたら。オレは声のするほうへ急いだ。

「いたっ！」

コンビニ前の駐車場。そこにジャック・ザ・アマノはいた。そばにいるのは。

「河合《かわい》っ!?」

さっきの声は河合のものだったのか。コンビニで買った棒アイスを右手に持ってい
る。一方ジャックは大振りのナイフ。

「アイス対ナイフ」

ぼろまるが韻を踏むように言った。いや、確かにそうなんだけど、いま、それ言う
必要ないよね、絶対。

「あ、落瀬!? なんだよ、こいつ? おまえの知り合いか?」

「いや、知り合いというか、なんというか」

オレが描いたキャラだから、知らない仲ではない。しかし、知り合いかと問われれ
ば、それは違うような気もする。

「ま、いいや。危ないから退《さ》がってろ。ここは俺がなんとかするから」

河合は、ジャックと睨《にら》み合ったまま、オレに逃げるように言った。

「いや、なんとかって」

斬られてもケガはしないとオレは知ってるけど、何も知らない河合にとってはナイ
フを持った不審者だ。それをなんとかするってすごい勇気と自信だ。

「あと、サツとか呼ぶなよ?」

「サツ?」

「警察だよ！　俺、あいつら嫌いなんだ。すぐ俺のこと、見た目や昔のことで疑ってくっからよ」

確かに、オレも見た目と噂で河合のことを最恐ヤンキーだと思っていた頃があった。いまはそこまで怖くないけど。

「呼ばないよ！」

オレはそう返した。そもそも、この件で警察は役に立ちそうもない。むしろ捕まるなら、あんなキャラを世に放ってしまったオレだ。

「こいよ。アイスが溶ける前までなら相手してやっからよ」

河合は左手でくいくいとジャックを挑発する。

「ふしゃあああああ！」

ジャックがナイフを振りかぶり、河合に襲いかかる。

「へっ」

それを華麗にかわす河合。しかも、かわした直後に「足払い」をして、ジャックの体勢を崩している。すごい。「最恐ヤンキー」伝説はただの噂だったけど、「喧嘩《けんか》最強」伝説は本当だったんだ。

次々と繰り出されるジャックの斬撃《ざんげき》を、河合はすべて見切ってかわしていく。

「これ、もーらい！」

河合はさっとジャックのシルクハットを奪って、自分の頭に被せた。この闘いの主導権は完全に河合が握っている。

「すごい！　すごい！」

オレは思わず拍手していた。しかしその行為が、帽子をとられて怒り心頭のジャックの逆鱗《げきりん》に触れてしまったようだ。

「ふしゅるぁあああ！」

くるりと方向転換すると、オレに突撃してきた。

「うわあ⁉」

ナイフが振り下ろされる。オレの身体は強張《こわば》ってしまい、一ミリも動けない。

「あぶねえ！」

そこに河合が割って入ってきた。盾のようにオレを庇《かば》ってくれた。しかし、そのせいで、背中をバッサリ、ジャックのナイフで斬られてしまう。

「いってぇ……くない？」

若干の心配はあったが、やはり設定通りだった。ジャックのナイフは「物理攻撃」としては無傷だ。

「だけど……」

本当に心配なのは「精神攻撃」のほうだ。

「大丈夫？」

オレは河合に恐る恐る尋ねた。

「だ、だ、だ、大丈夫！」

胸を張る河合を見て、ホッと胸をなでおろす。しかし。

「……じゃねーよ。超怖かった～」

途端、崩れるようにその場にしゃがみこんでしまう河合。やはり、ジャックの「精神感応攻撃」は効いていたのだ。普段、強気すぎるほどの河合の弱気。この意外すぎる一面は、攻撃の結果に違いない。

（でも、これが河合のホンネなのか……？）

「怖かった～」と繰り返す河合が心配でおろおろしてるとジャックが「ひゃっはー！」と叫び、逃げ出した。

「あ、こら！　待て！」

慌てて追いかけようとすると、ズボンの裾を河合に掴《つか》まれてしまった。

「怖いから、ここにいろって～」

河合が泣きそうな目で見上げてくる。こんな状態のクラスメートを放っておくわけにはいかない。ジャックの行き先は心配だが、ひとまず河合をなだめることを優先することにした。

オレたちは、一台も停まっていない駐車場の隅に座って河合が落ち着くのを待った。

「ほんと、怖かった〜」

「そんなに？　あんなに強かったのに？」

戦闘では河合がジャックを圧倒していた。あの動きが恐怖を感じながらのものだとは見ていてとても思えなかった。

「ちげーよ。あんなナイフ野郎、珍しくもねーし、怖くもね〜」

あれ、どういうことだ。ジャックに襲われたことを怖がってたんじゃないのか。

「俺の目の前で落瀬が傷つくかもって思ったら、超怖かったんだよ〜！」

「そっち⁉」

オレはびっくりした。河合の「怖かった」とは、自分が傷つくことではなく、他人が傷つくことに対してだった。ますます「最恐ヤンキー」のイメージが覆る。なんて他人思いのヤンキーなんだ。

「他人とか言うなよ〜。俺たち、もうダチじゃねーのかよ〜」

オレが素直に感想を述べると、河合はそう言ってすごく寂しそうな顔をした。

「ダチ？」

「友だちのことだよ。ちげーのか？」

「え⁉　いいや、違くはないけど、でも、いいの？　オレなんかが友だちで？」

河合がオレのことを友だち認定していたことが意外すぎて、ただただ戸惑ってしまう。

「俺、落瀬のこと、一目置いてんだぜ」

聞けば、オレが「北中《きたなか》あきら」からまどかちゃんを守ったことは、正確にではないが、噂として広まっていたらしい。

知らなかった。オレもまどかちゃんも警察から口止めされてたけれど、噂なんてどこから伝わるかわからないものだ。

「身体を張って、好きな子を守る。男じゃねーか、落瀬！」

そう言って、河合はオレの肩に腕をまわしてきた。右手に持っている棒アイスはすでに溶けてしまっており、ただの「棒」になっていた。

「す、好きな子!?」

「ん？　廊下で告白してたろ？」

そうだった。オレの一世一代の告白は、クラスメート全員に知られているんだった。

「恥ずかしすぎる」

オレは赤くなった顔を両手で覆った。

「いいじゃねえか。好きなら告《こく》れればよ！」

「え？　でも、河合くんもまどかちゃんのこと、す、す、好きじゃないの？」

自分が主語じゃなくても「好き」という言葉を口にするのは照れ臭い。勇気を出した質問だったが、河合はきょとんとした顔をしている。

「まどかちゃんって茂木《もてぎ》のことだよな？　俺が、茂木を？　なんでそうなる？」

「え？　だ、だって入学式の日、まどかちゃんを見て『可愛《かわい》い』って」

「ああ！　あれ、聞かれてたのか」

あっけらかんと笑う河合。このすれ違い。オレは何か勘違いしていることに気づいた。

「あれは、茂木のヘアゴムのチャームがマジで可愛かったから、つい口から出ちゃったんだよ」

（ヘアゴム？　チャーム？）

そんなの全然気づかなかった。オレはまどかちゃんの笑顔に釘付《くぎづ》けだったが、河合はそんなとこを見てたとは。

「じゃあ、河合くんはまどかちゃんのこと……？」

「ん？　ああ、俺、他に好きな子いるからな。幼馴染《おさななじみ》で昔から知ってて……って、むうん！」

河合は途中で慌てて手で口を塞いだ。

「なんなんだ、さっきから。ペラペラペラペラペラ、俺の口は勝手によ〜」

やっと自分が意図せず「ホンネ」を喋っていることに気づいたようだ。

「実は……」

オレは信じてもらえないとは思いつつ、これまでの経緯を説明した。

「お、おお……」

河合は「こいつ何言ってんだ」という顔。当然のリアクションだ。しかし、その後に続く河合のセリフにオレはびっくりする。

「じゃあ、落瀬の肩に乗ってるやつも、俺の目がおかしくなったわけじゃないんだな？」

「『見えるの⁉』」

オレとぼろまるは声を揃《そろ》えて驚いた。

「あ？　ああ。最初はおまえがいつもカバンに付けてる可愛いキーホルダーかと思ったけど、なんか動いてるし。動くとなおさら可愛いし」

河合は二回も「可愛い」と言った。オレは「どういうこと？」とぼろまるを見た。

「え～、ぼくが可愛いって～？　これでも地球侵略を企《たくら》んでんだよ。可愛いとか、ちょっと違うと思うけど～」

ぶつぶつ言いながらもニヤニヤしている。可愛いと言われて喜んでるようだ。

「ちょっと！　ぼろまる！」

「え？　あ、ごめん、何？」

「何？　じゃないよ。なんで河合くんにもぼろまるが見えてんのかって訊《き》いてんの！」

「う〜ん」

首を傾げながらも、ぼろまるはひとつの結論にたどり着いたようだ。

「河合守《まもる》にも、友成のような想像力と創造力があるってことだと思う」

「え〜？」

ちょっと意外だった。もう「不良」とも「怖い」とも思ってはいなかったが、やはり「ヤンキー」な見た目の河合とクリエーションが結びつかなかった。

「なんだよ、なんの話だよ？　俺にもわかるように説明しろよ」

会話から置き去りにされて、河合は不服そうだ。オレの肩に回していた腕をぎゅっと絞める。

「ぽさり」

その動きのせいか、河合のポケットから何かが落ちた。

「あ、ニワトリ」

それは河合がいつもカバンに付けているぬいぐるみとはまた別のキーホルダーだった。

「「ああ！　これだ！」」

またもやオレとぼろまるの声が揃う。

「このニワトリのぬいぐるみ、河合くんの手づくりだよね？」

疑問に思っていたことをオレは思い切って訊いてみることにした。いまの河合にウソはつけない。きっと正直に答えてくれるはずだ。

「う、う、う、うももも」

しかし、河合は口を手で塞いで、「ホンネ」が出ることに抵抗している。

「なんで？　隠さなくてもいいのに」

少なくとも好きな子がいることよりは、全然バレていいことだとオレは思った。

「う、うるせえ。俺みたいなヤンキーがぬいぐるみとかアクセとか手づくりしてるなんて知られたらナメられんだろうが」

それが河合のいちばんのホンネだったようだ。ここまで発してしまうと、諦めたように、自分の趣味がハンドメイドで、将来の夢は自作の小物を売る雑貨屋を開くことだと教えてくれた。

「くそーっ、完璧に隠してたのによ〜」

心底悔しそうにする河合だったが、オレは内心「そう？」と思っていた。家庭科室でのミシン使用とか、雑貨屋巡りとか、わかるひとが見ればすぐにバレてしまいそうな「状況証拠」はたくさんあった気がする。

「でも、これで謎は解けたし、信じてもらえたよね」

ぼろまるが嬉しそうに河合の右手に飛び移った。

「まあな。俺は自分の目で見たものしか信じないし、逆に自分の目で見たものはぜってーに裏切らねえ」

随分と極端でアツいポリシーだが、いまはそれがありがたい。

「でも、ずっとこのままは嫌だぜ」

もちろん、このままにしておくつもりはない。逃げていったジャックを捕まえて、スケッチブックに戻さなければ。

「大丈夫だよ」

ぼろまるが上機嫌で言った。何を根拠に、とオレは思った。

「ぼくたちは『ツイてる』から」

そう言うと、ぼろまるは河合の右手から、「元」アイスだった「棒」を奪って、高く掲げた。

【アタリ】

焼印で記された三文字。

「ばはははっ！　マジかよ。俺、初めてアタリ引いたぜ。こりゃ、ツイてるな」

河合はすっくと立ち上がった。

「さあ、行くか」

その自信に満ちた表情はなんとも頼もしかった。

(ジャックに斬られたのが河合でよかったのかもな)

もちろん巻き込みたくはなかったが、河合のホンネは、いやむしろホンネのほうがカッコ良くて親しみも好感も持てた。なんでそれをクラスで出さないのか、オレはそっちのほうが不思議だった。

「ひとは見た目が九割って言うだろ」

少し寂しそうにつぶやくと、河合は駆け出した。オレもすぐに立ち上がって、その背中を追いかける。

「あ、あれじゃねーか?」

しばらく走ると、道路の真ん中にジャックを発見した。大の字になって倒れている。

「なんだよ、もう誰かがやっつけたあとじゃんか」

(誰か? いったい誰が⁉)

オレはそっと倒れているジャックに近寄った。焦げ臭い。コートのところどころが焼けて破れている。自慢のナイフは刀身が真っ黒な炭になっていた。

「この演出……」

見覚えがある。というか、オレが漫画でよく用いる表現だ。それは、稲妻にうたれたあとの状態。

「これやったのって……」

「あぶねえ」

オレが考えごとをしていると、河合が「ドン！」とオレを押し退《の》けた。ジャックが立ち上がったのだ。ふらふらで満身創痍《まんしんそうい》だが、炭になったナイフを構え直した。

「まだヤル気じゃねーの」

河合は嬉しそうにファイティングポーズをとった。

「なあ、落瀬。こいつはおまえが生み出した『怪人』ってことなら、俺が殴ってもサツには怒られねーよな？」

「心配するとこ、そこ？」

呆《あき》れつつも、「たぶん、大丈夫」と答えておいた。「想像」から「創造」された存在に適用する法律はおそらくまだないだろうから。

「よっしゃ！」

ジャックのナイフが宙を裂く。河合はそれをかわし、右サイドにステップ。一瞬の「溜《た》め」のあと、「ズドン！」とすごい音がして、ジャックのボディに河合の右拳がめり込んだ。

「ふしゅううううう」

風船が萎《しぼ》むような吐息を漏らしながら、ジャックはそのまま本当に風船のように小さくなっていった。やがて「ぼん！」と音を立てて消えてしまった。

「友成、スケッチブックを！」

「あ、ああ！」

急いでページをめくる。全ページ白紙になっていたはずのスケッチブックに【ジャック・ザ・アマノ】のキャラデザページが復活していた。

「やった。戻ってきたよ！」

オレはスケッチブックを持って、思わずジャンプした。そんなオレの右肩でぼろまるもジャンプしていた。

「へい！　落瀬」

見ると、河合が右手のひらをこちらに向けている。

「え？　何？」

「おいおい！　喧嘩に勝ったらハイタッチだろうがよ」

そういうものなのだろうか。喧嘩の現場に立ち会ったことがないから知らなかった。

「パチン！」

オレが右手を出すと、そこに河合が右手を叩きつけた。

「いった！」

「その痛み、覚えとけよ。んで、さっきまでの俺の言ったことは全部忘れろ！」

そう言うと、くるりと回れ右をして河合はその場を立ち去ろうとした。

でも、オレは気づいていた。向こうを向く前の河合の顔が真っ赤になっていたことを、いまも耳たぶまで真っ赤になっていることを。

「それは、ホンネ？　それとも、タテマエ？」

ちょっと意地悪な質問をしてみた。河合はなんて答えるだろう。

「どっちでもねーよ」

背中を向けたまま、ひらひらと手を振る河合。

「あ、でも、これだけは忘れなくていいや」

「何を？」

「俺とおまえがダチってことはな」

河合の耳たぶがもっと赤くなる。耐えられなくなったのか、河合は駆け出してしまった。

あっという間にその背中は小さくなって、見えなくなってしまった。

「オレ、なんて答えればよかったんだろ？」

独《ひと》り言《ごと》のつもりだったけど、ぼろまるは聞き逃さなかったようだ。

「今度会ったときに『河合』って呼び捨てにしてやればいいと思うよ」

うん、そうだな。次会ったときはそうしよう。オレはそう心に決めた。

そして、オレは「次」に探すべきキャラも決めていた。

「さっきのジャックのやられぐあい。あれ、やったのはＲｉｓｉｎ'だ」

間違いない。あの漫画のような黒焦げなダメージ。あれは、Ｒｉｓｉｎ'の必殺技、

『サンダービーム』にやられたときになる状態だ。

「Ｒｉｓｉｎ'のチカラで他のキャラたちも一気に捕まえよう」

ぼろまるが「うんうん」とうなずいて、オレの考えに賛同してくれた。

第二部

常盤《ときわ》のヒーロー

結局日没まで駆け回っても、他のキャラたちは見つけられなかった。

「まあ、何か悪さしてたら、騒ぎになってるはずでしょ」

ぼろまるの言葉に納得して、一旦家に戻る。

「ドシャーン！」

「ガラガラドーン！」

「ピカシャーン！」

「あら、今日って雷予報とか出てたかしら。さっきから随分たくさん雷が落ちるわね」

夕食どきに母さんが言った。

（Ｒｉｓｉｎ'だ……）

窓からそっと外を見ても、雲ひとつなく、星が瞬いている。こんな天気で雷なんか落ちるわけがない。これはＲｉｓｉｎ'が必殺技の「サンダービーム」を繰り出している音だ。

オレは残りのごはんを急いで口に詰め込むと、自分の部屋に駆け込んだ。

「ぼひほうざまっ《ごちそうさま》！」

「やっぱり！」

スケッチブックを開いてみる。そこには、オレの描き込んだキャラたちが複数戻って来ていた。

予想通り、正義のヒーローＲｉｓｉｎ’が、自らヴィラン退治をしてくれているのだ。

「こりゃ、明日にはぼくらの出番ないかもね」

ぼろまるの言う通りかもしれない。このまま夜通しＲｉｓｉｎ’がヴィランキャラたちを退治してくれたら、明日の朝にはスケッチブックは元通りだ。

「寝ようか」

「そうしよう」

オレたちは、ホッと一安心して、その日はぐっすりと深い眠りについた。

「甘かった」

オレは朝イチ、スケッチブックを開いて反省した。

確かにスケッチブックには八割近くのキャラが戻ってきていた。さすがＲｉｓｉｎ’

だ。しかし、全部じゃない。何体かのヴィラン、特にＲｉｓｉｎ'のライバルに、と強敵設定したものは戻ってきていなかった。

「隠れるのが得意なキャラとかもいるんだ」

甘すぎる見込みのオレを見て、「ごめん、ぼくのせいだ」とぼろまるがうなだれる。

「いや、元はと言えばオレの描いたキャラだし、会いたいなんて言ったオレのせいだ」

オレは急いで着替えて、外に飛び出した。

「どのキャラを探すの？」

「やっぱりＲｉｓｉｎ'だよ。情けないけど、オレたちの腕力じゃ、残ったヴィランを退治なんて絶対できない。Ｒｉｓｉｎ'のチカラが必要だ」

ぼろまるに異論はない。

「心当たりはあるの？」

「ない！」

「ないんかい！」

ぼろまるのミニサイズの裏拳がオレの頬にピシッと当たる。この感触、覚えがある。

「ぼろまる。前にもこんな風にオレにツッコんだことあるよね？」

「え？　なんのことかな？　ぴゅひゅひゅひゅひゅ〜」

ミュージシャンのくせに、わざと下手《へた》くそな口笛でぼろまるはごまかした。

「まあ、いいけどね」

オレは気にせず駆け出した。実は「あて」がまったくないわけではない。

「雷情報をたどろう」

「雷？」

オレはぼろまるに作戦を説明する。

「昨夜、Ｒｉｓｉｎ'はヴィランキャラをサンダービームで次々倒していったはず。そのときの音や痕跡がきっと残っているはずだ」

案の定、道路やビルの壁に黒く焦げた跡があった。しかも、人型が白く抜けている。間違いない。

「でも、これはこれで街のひとに迷惑だな」

Ｒｉｓｉｎ'が戻ってきたら、ちょっと設定を書き直そうと思いつつ、オレは一旦家に戻ってバケツとデッキブラシを持ってきた。

「ほんと、友成は掃除道具がよく似合うね」

「皮肉言うなよ」

でも、まどかちゃんを闇ブローカーから助けたときも、掃除道具が武器になった。そういうキャラがいてもいいかもしれない。オレの中でひとつアイディアのストックができる。

オレは、「サンダービーム」の焦げ跡をブラシで擦《こす》って綺麗《きれい》にしつつ、その跡を追っていった。

「これと同じような焦げ跡見ませんでしたか？」

時には街ゆくひとに「聞き込み」もした。ひとと話すのは得意ではないけれど、いまは日和《ひよ》っている場合じゃない。それに、近所のひとや同じ学校のひとより、まったくの他人のほうがまだ話しやすかった。不思議なものだ。

「ああ、あっちの公園にもあったな」

「ガード下で見たよ」

「バス停のそばにもあったな、そういえば」

有力な情報も得られた。オレは焦げ跡の後始末をしつつ、教えてもらった場所をひとつずつ巡っていく。

「なんだか、探偵みたいだね」

ぼろまるが楽しそうに言った。確かに、痕跡を探したり、聞き込みをしたり、それっぽいかもしれない。でも、オレたちは「探偵ごっこ」をしてるわけじゃない。

「遊びじゃないんだからな」

ぼろまるを諌《いさ》めると、ちょっとしゅんとしてしまった。ちょっと言いすぎたかな。

「アソボー！　キンコンカンコン、ベルがなる〜♪」

　突然、ぼろまるが歌い出した。『アソボー行進曲』だ。こいつ、全然反省してないな。でもせっかくぼろまるの生歌が、それこそ耳のすぐそばで聴けるなんて最高だ。

　オレは贅沢《ぜいたく》すぎるＢＧＭを聴きながら次の目撃情報の現場を目指した。

「ここって……」

　焦げ跡を順に追っていると、街外れのちょっと寂れた商店街にたどり着いた。「カミナリ・ストリート」ができてからはすっかりひと足が遠のいてしまったらしい。

「不良の溜まり場になってるって噂が」

　オレの喉がごくりと鳴る。

「どうしよう、絡まれたりしたら……」

　そんな心配をしてると、後ろから二人組の男子に追い抜かれた。ふたりとも興奮気味に叫んでいる。

「マジかよ、ここのゲーセンで、ヤベーやつが闘ってるって？」

「マジ、マジ！　なんか太鼓背負った鬼のコスプレしてるやつらしいぜ」

　二人組はそう言って、商店街の奥に消えていった。

　オレとぼろまるは同時に顔を見合わせた。

「「Ｒ.ｉ.ｓ.ｉ.ｎ'だ！」」

オレたちは、急いで二人組の後を追った。

【九龍城《クーロンじょう》】

看板には赤い文字でそう書いてある。入るのに勇気がいるほどに、ボロボロなゲームセンターだ。

「ウオー、スゲー！」

「やれ、やれー！」

中から歓声が聞こえる。Ｒｉｓｉｎ’は一体誰と闘っているのだろうか。ヴィランだったら、ギャラリーたちは避難しないと危険だ。オレは思い切って中に入る。

「Ｒｉｓｉｎ’!?」

てっきりヴィランと闘っていると思ったＲｉｓｉｎ’はなぜか、ゲーム機の前に座っていた。

「格ゲー？」

闘うは闘うでも、どうやら格闘ゲームの話だったようだ。

「何やってんの？」

オレは太鼓を背負ったＲｉｓｉｎ’の背中にそう尋ねた。

「あれ、その声は？」

Ｒｉｓｉｎ’の陰からひょこっと頭が飛び出てきた。ニット帽にドクロのワッペン。

「常盤《ときわ》!?」

「やっぱり、落瀬じゃん！」

器用にも常盤は、手元も見ずにレバーとボタンを操作しつつ、オレの顔を見る。Ｒｉｓｉｎ’側の画面を覗《のぞ》くと、ボコボコにやられていた。

【YOU LOSE】

無惨な結果が画面に表示される。

「だぁー！　くそっ！　また負けたー！」

Ｒｉｓｉｎ’が立ち上がって悔しそうに叫んだ。

「何やってんの？」

改めてオレはＲｉｓｉｎ’に、いや、常盤に対してもそう尋ねた。

「お！　友成じゃないか」

やっとオレの存在に気づいたＲｉｓｉｎ’はさきほどまでの悔しさはどこへやら、陽気な笑顔をオレに向けてきた。

そうだった。後悔や無念などとは無縁の爽やか陽キャヒーローだった。オレがそう設定したのを思い出す。

「なあ、友成。なんで、俺はゲームも無敵って設定にしてくんなかったのさー」

「ヒーローが設定とか言うな」

全台
100円

Ｒｉｓｉｎ’の「メタ」い発言をオレは注意する。

「ひひひっ。いくら命の恩人でも、ゲームで手加減はできないからな」

常盤がまたもやレバーを握ったまま、会話に参加する。

「命の恩人？」

オレが尋ねると「そう」と常盤は答えた。

「俺が変なやつに襲われてるときに助けてくれたんだよ」

「変なやつ」。それはきっとオレの生み出したヴィランキャラに違いない。

「どんなやつだった？」

「あー、なんかでっけえツノが生えた牛みたいなやつでさ。全身真っ赤で翼も生えてて、しかも、両手が蹄《ひづめ》じゃなくて、爬虫類《はちゅうるい》みたいな爪の長い手でさ」

「ブルモンスターだ」

オレはその姿を聞いて、すぐに該当するキャラを思い出す。スケッチブックを見ると、確かに今朝はなかった「ブルモンスター」のページが戻ってきている。

「俺がいつもみたいにエナドリダブ飲みしてたらさ……」

「え？　ん？　エナドリダブノミ？」

常盤の口から出た呪文のような言葉が気になって、説明が入ってこない。

「あ？　ああ。エナジードリンク、二缶同時飲みのことだよ。俺、一缶じゃ物足りなくてさ。別のメーカーのを二缶、味比べとかしながら飲むのがルーティンなんだ」

すごい飲み方してるな、とオレは呆れるやら、感心するやら。しかし、その説明で「ブルモンスター」が常盤を襲った理由がわかった。

「ブルモンスターは、エナジードリンクをモチーフに考えたキャラなんだ。より高密度なエナジーを求めてて、だから二缶もまとめてエナドリを飲んでる常盤に目をつけたんだと思う」

「考えた？　落瀬、おまえが？」

「あ！」

しまったと思ったが、もう遅かった。常盤を襲ったキャラを生み出したのがオレだとバレてしまった。オレはすかさず頭を下げた。

「ごめん！」

「すげえ！」

常盤と声がかぶってしまう。

「え？　いま『すげえ』って言った？」

常盤の発言の意味がわからず、オレは戸惑ってしまう。

「だってすげえじゃん！　まるでゲームの世界に入り込んだみたいでワクワクしてたんだ。その世界の創造主が落瀬なんだろ？　アガるってこれは！」

なんて順応性。オレだってぼろまるの存在がなければ妄想としか思えなかった世界をすんなり受け入れている。これも「ゲーム脳」と言っていいのだろうか。

「じゃあ、俺を助けてくれた、あのヒーローも落瀬が考えたのか？」

いつの間にか、格ゲーをクリアしていた常盤が立ち上がって、フロアの奥を指差した。

「ドンドンドン！　カン！　ドンカンドン！　カッカッ！　ドドン！」

『太鼓の鉄人』に興じるＲｉｓｉｎ'。うまいもんだ。そりゃそうか、背中の太鼓は飾りじゃないもんな。

「う、うん。あいつもオレが考えた」

こうなったらごまかしてもしょうがない。オレは常盤に正直に答えた。

「やっぱりそうか〜。落瀬、漫画得意だもんな〜」

「え？　なんで知ってんの？」

オレはびっくりして聞き返した。

「いや、バレバレだって。授業中も休み時間も、暇さえあればノートや教科書に絵、描いてんじゃん」

驚いた。ちゃんと隠しながら描いてるつもりだったし、そもそもオレなんかに誰も興味なんて抱《いだ》いてないと思っていた。

「落瀬の考えたあのヒーロー、すごかったんだぜ！」

常盤が「ブルモンスター」の話を再開させる。

「あのモンスターって、相手の攻撃、吸収するタイプだろ？」

さすがゲーマーの常盤。その手の設定には精通しているようだ。確かに「ブルモンスター」の必殺技は「エナジードレイン」。相手のパワーや攻撃を吸収して、自分のチカラにしてしまうのだ。

「あのヒーローが現れて『サンダービーム』って叫んで、電撃を喰《く》らわしたんだけど、モンスターはそれをツノから吸い込んじゃったんだよな」

そう。ブルモンスターは「対Ｒｉｓｉｎ’」用に考えたヴィランキャラだ。大きな二本のツノは、まるで避雷針のようにＲｉｓｉｎ’のサンダービームを吸収して自分のものにしてしまう。

「でも、すげえんだ、あのヒーローは」

常盤曰《いわ》く、Ｒｉｓｉｎ’はその後も「サンダービーム」を連打したそうだ。

「何回吸い込まれても、撃ち続けてた」

その背中に「諦め」という選択肢はなかったように感じたと常盤は言った。

「『サンダービーム』って技もさ、どんどんパワーダウンしてってさ、次第に肩で息するようになってさ。でもさ、それでもさ！」

常盤の鼻息が荒くなる。

「叫び続けるんだよ。『サンダービーム！』って。俺、なんか感動しちゃって」

少し涙目になる常盤。こんな感情的な一面があるとは知らなかった。教室ではいつもスマホをいじってて、オレにはネットという世界に骨抜きにされた「ドクロ」のように見えていた。

「もうこれ以上は撃てないんじゃないかって思った瞬間、ヒーローがさ、大きく息を吸い込んで、飛び切り大きな声で叫んだんだ」

常盤もそのときのＲｉｓｉｎ'を再現するかのように、大きく深呼吸をした。

「サンダービーム!!　って」

常盤のあまりの声量に、ゲーセンにいた全員がこちらを振り向いた。『太鼓の鉄人』に夢中なＲｉｓｉｎ'を除いて。

「アツいな」

思わずオレはそうつぶやいてしまっていた。

「そう、激アツだったんだよ、あのヒーローは」

いや、常盤が、と言いかけたが、常盤は話の先を急いだ。

「で、その巨大な『サンダービーム』が決まった瞬間、モンスターのツノが折れたんだよ。おそらく限界だったんだな」

元々の設定とストーリー通りだった。確かに「ブルモンスター」の「エナジードレイン」は強力だ。しかし、無限ではない。そのことに気づいたRｉｓｉｎ'が限界までサンダービームを撃ち込むというのは、オレの考えたRｉｓｉｎ'勝利の結末だった。

「モンスターが倒れて消えたあと、ヒーローもふらふらでさ、思わず俺、持ってたエナドリを差し出したんだ」

それをRｉｓｉｎ'は受け取ったという。

「『乾杯しようぜ』って言ったんだ、ヒーローは」

Rｉｓｉｎ'なら言いそうだ。究極の陽キャ。どんな苦難も困難もポジティブに変換して前を向くチカラにできる。オレがそう設定したはずなのに、なんだか少し悔しかった。

（オレにはそんなこと絶対できないのに）

妄想は好きだ。でも、願望をキャラに押し付けるのはどうなんだ。オレは意味もわからずイライラしてきて、キュッと唇を噛《か》んだ。

「落瀬？」

オレが急に下を向いてしまったからか、常盤が心配そうな声を出す。

「あ、いや。なんでもない。で、あいつと、Rｉｓｉｎ'と意気投合しちゃったわけだね？」

「そう！　あ、あのヒーロー、『ライジン』っていうんだ。名前訊いても『名乗るほどでも』って言って、全然教えてくんなくてさ」

あ、それはオレが父さんと時代劇にハマっているときに付けた設定だ。陽キャの中の硬派な一面にしたかったんだけど、やっぱりこれは再考が必要だな。

「でも、なんでこんな街外れのゲーセンに？」

常盤は普段駅ビルに入った、もっと最先端なゲームセンターで遊んでいるとゲーム仲間の押見《おしみ》と話していた気がする。

「ここ、結構古いゲームとかも置いててさ、勉強になんだよね」

常盤が急に冷静に語り出した。

「俺、本気でゲームクリエイターになりたくてさ。いまってハードのスペックはどんどん進化するけど、その性能に頼ったゲームとかも多くてさ。じゃなくて、こんだけおもしろいゲーム考えたから、スペックは置いといても最大限工夫して、そのイマジネーションをカタチにしようっていうパッションとか、そういうのを古いゲームからは感じたりするんだよね」

常盤が早口で一気にまくしたてる。オタク特有のアレだ。オレも時々こうなるから、気持ちがわかる。常盤は本当にゲームのことが好きなのだ。

「あ、ごめん。ちょっとマジになりすぎた？」

「い、いや……。いいと思う」

オレがそう言うと、常盤はにかっと笑った。

「小遣い貯《た》めて、プログラミングの教室にも通うつもりなんだぜ」

常盤はそう言いながらも、「押見と落瀬にしかまだ言ってないから、クラスのやつらには内緒な」とオレの耳元でささやいた。

その瞬間だった。

「うおっ！　落瀬、その肩のやつ、なんだよ⁉」

「肩？」

ふと右を見ると、ぼろまると目が合った。

「それ、ぼろまるだろ？　いいな、それ？　どこのＵＦＯキャッチャー？」

「ぬいぐるみじゃないわい！」

思わずぼろまるは、常盤にツッコミを入れた。

「げ⁉　喋った⁉」

バレてしまった。しかし、すでにＲｉｓｉｎ’とエナドリで乾杯までしている常盤に隠す理由はなかった。むしろ、常盤にもぼろまるが見えるようになったことが重要だ。

「やっぱりトリガーは、自分の想像と創造に向き合うってことなのかな」

ぼろまるはそう推察する。オレには「自分の想像と創造に向き合う」ってことがいまいちピンときてなかったけど、常盤の場合は、「ゲームクリエイター」になるために「本気」ってところがそうなのだろうとは思った。

「つか、あの神曲『アソボー行進曲』のぼろまる様が、目の前に。嘘《うそ》だろ、神すぎる」

常盤は、膝をつき、両手を合わせ、まるで神に祈るような姿勢になった。

「よせやい。神様とか言いすぎだって〜」

またもやまんざらでもなさそうなぼろまる。この宇宙人、意外に褒められ慣れてないな。おだてたらなんでもやっちゃいそうで、ちょっと心配だ。

「あ、Ｒｉｓｉｎ’を回収しなくちゃ」

大事なことを思い出したオレは『太鼓の鉄人』コーナーに走った。

しかし、そこにＲｉｓｉｎ’の姿はない。

「あの、ここにいた、太鼓の鉄人……じゃなかった、太鼓を背負ったやつ、どこ行きました？」

近くで遊んでいたひとに尋ねた。

「ん？　ああ、なんか『困ってるひとがいる！』とか叫んで、飛び出していったよ」

「なんだそれ。アンパンヒーローかよ」

オレは、あの丸顔ヒーローを思い出していた。

「ははっ！　見た目は全然違うけどな」

気づけば横で、常盤が笑っていた。

「あと、友だちは愛と勇気『だけ』じゃないだろ？」

そう言って、常盤はオレのほうを見た。

「いつか、俺のつくるゲームのキャラデザやってくれよな」

そう言って差し出された右手の意味が、オレにはすぐにわからなかった。

「ほら、握手！」

「あ、ああ！」

言われて慌ててオレも右手を出す。シェイクハンズ。常盤は嬉しそうにその手をぶんぶんと上下に振った。

「なんだか、今年の夏休みはすごいことになりそうだ」

そうだった。まだ夏休みは始まったばかり。でも、常盤の言う通り、オレにとっても、この夏は特別なものになりそうな予感がしていた。

第二部 真面《まづら》のサイノウ

朝起きて、オレはスケッチブックをめくってみる。昨日よりもさらに多くのキャラがそこには戻ってきていた。

「ほら、やっぱりぼくが言った通りだったでしょ？」

ぼろまるがオレの肩に乗って、ドヤる。

昨日、ゲームセンターを飛び出していったＲｉｓｉｎ’をオレが追いかけようとしたら、ぼろまるがそれを止めたのだ。

——友成、いいって。Ｒｉｓｉｎ’はそのままで。

——え？　なんでだよ。せっかく見つけたのに。

——いいから、いいから。Ｒｉｓｉｎ’がこのままのほうが、キャラの回収はきっと進むはずだよ。

そうぼろまるに説得されて、結局オレたちはそのまま家に戻ってきた。

結果は、ぼろまるの言う通り。Ｒｉｓｉｎ’が見つけてやっつけたヴィランキャラたちが多数スケッチブックに戻って来ていた。

考えてみれば、Ｒｉｓｉｎ'は正義のヒーロー。ヴィランを倒し、ひとびとの平和な暮らしを守ることこそが「使命」であり「存在意義」だ。

「友成が、そういうキャラにしたんじゃないの？」

ごもっとも。しかし、今回の騒動の原因は「キャラに会ってみたい」と身勝手を言ったオレと、その願いを叶《かな》えてくれたはいいが、あっさりキャラたちに逃げられてしまったぼろまるにあるというのに、その後始末を全部Ｒｉｓｉｎ'に背負わせてしまうということに申し訳なさを感じる。

「だって、仕方ないじゃない。ぼくたち、戦いの才能ないんだし」

言い返せない。

確かに、オレにはＲｉｓｉｎ'のように必殺技もなければ、河合のような卓越した喧嘩センスがあるわけでもない。武闘派のキャラに対してあまりにも無力だ。

しょんぼりしながらも、スケッチブックをめくっていると、まだ数ページ、白紙のままのところがある。まだ戻ってきていないキャラがいるのだ。

「まだ戻ってきてないのは……やっぱり『ＦＵ－ＺＩＮ』か」

ＦＵ－ＺＩＮは、Ｒｉｓｉｎ'の最大のライバルでもあり、オレが考えたキャラの中でも特別ずるがしこい設定にしてあった。

おそらく、いまもどこかに潜伏して、Ｒｉｓｉｎ’を出し抜くチャンスを狙っていることだろう。

「他には……」

オレはスケッチブックをめくりながら、記憶の糸を手繰《たぐ》り寄せる。

「あ、あいつか！」

オレの脳裏に蘇ったのは、「サイコロ」頭の『カクリーツ』というキャラ。その名の通り、「確率論」を使って未来を予知する「頭脳派」のヴィランキャラだ。

「こいつはきっとＲｉｓｉｎ’と遭遇しない未来を予知して、逃げ続けてるんだ」

そう推理するオレにぼろまるが皮肉をひとつ。

「友成って、頭脳派だったんだね」

「そんなわけないだろ。全教科平均点の男だよ」

言い返すオレに、ぼろまるがキャッキャと笑う。

「うちのクラスで頭脳派っていったら……」

すぐに思い出すのは、左斜め後ろの席の真面有太《まづらゆうた》だ。

休み時間もいつも机にかじりついてノートに向かっている真面。きっと次の授業の予習でもしているのだろう。同じように休み時間に机にかじりついていても、漫画ばかり描いているオレと、試験結果に雲泥の差が出るのは当然と言える。

――僕、予備校があるから。

ふと、夏休み直前の真面の言葉が蘇る。クラスのイケメン、池谷《いけたに》が「夏休み、クラスのみんなでどっか遊びに行かない？」という提案に対してのそっけない答えだった。

もちろんオレもその提案には乗っていない。参加表明する勇気がなかったといえばそれまでだが、まどかちゃんが「バイト」と「家族旅行」を理由にやんわりと不参加を表明していたからだ。

案外、真面も半分はオレと同じ理由で断ったのかもしれないが、予備校通いはいかにもガリ勉真面の夏休みの予定としてはぴったりだった。

「予備校か……」

これまでの人生で通ったこともなければ、近寄ったことすらないオレにとっては、まったくの未知の空間。だからこそ、漫画の舞台としても描いたことはない。

「ああ！」

そこに大きな閃《ひらめ》きがあった。

「もしかして⁉」

「どうしたの？　急に叫び出して」

ぼろまるもびっくりしている。

「逆の確率だよ！」

オレの頭に閃いたのはこうだ。

「オレの理想のキャラであるRｉｓｉｎ'は、良い意味でも悪い意味でもオレの理想の動きをする」

「そうかもね」

「だけど、ヴィランは違う。特に、強敵になればなるほど、Rｉｓｉｎ'が嫌がることをするように設定してある」

「つまり？」

「『カクリーツ』は敢《あ》えてRｉｓｉｎ'の、つまり、オレの思考と逆のことをしている可能性が高い」

「だから、友成が近づこうとも思わなかった予備校にいるってこと？」

「行ってみよう！」

ぼろまるを肩に乗せ、オレは家を飛び出した。

予備校に行ったことなどないオレは、街にどれくらい予備校があって、どこにあるのかなんて知りもしない。

だから、唯一知っている場所。そう、真面が通っていると言っていた駅前予備校の「ＴＡＢＩＸ学院」を目指した。

近くまで行くと、オレの推理は確信へと変わった。

「やめてくれ！」

「聞きたくない！」

「もうイヤだ！」

そう叫びながら、予備校の入ったビルからおそらく生徒であろうひとたちがわらわらと飛び出してきた。

「何があったんですか？」

オレは勇気を出して、その中のひとりを呼び止めて、事情を訊いた。

「模試の最中に突然変なやつが入ってきて」

「その変なやつって、頭がサイコロのカタチしてた？」

オレの問いに、その予備校生は驚いた顔でうなずいた。大当たりだ。

「そいつが？」

「まだ出てない模試の結果を『予言』してくるんだ」

その「予言」が確かな未来かどうかは現時点ではわからないだろうに、予備校に通う人間とはそういうところが繊細にできているのかもしれない。

そういえば、受験生に「落ちる」とか「滑る」とかは禁句だと聞いたことがある。

オレは、逃げ出してくる予備校生の流れに逆らいながら、ビルに突入した。

「ＴＡＢＩＸ学院」が入っているのは、このビルの五階だ。エレベーターは逃げてくる生徒たちが使っているから、オレは非常階段で五階を目指した。

「はあ、はあ、はあ……」

五階に着いたときには、息も切れ切れ、膝もガクガクだった。

「はあ、はあ、はあ……」

肩の上で、ぼろまるも息を切らしている。

「なんで、乗ってるだけのぼろまるが肩で息してんのさ」

「あ、そうか。なんとなく釣られちゃって」

ぼろまるはどこから出したのか、スプレー缶みたいなものを口に当て「スー」と大きく吸い込んでいる。

「何それ？」

「え？　これ？　酸素？」

アスリートなんかが、競技の合間に吸っているやつだという。

「うまいの？　酸素って」

「サイコー！」

笑顔で親指を立てるぼろまる。

そんなとぼけた会話をしていると、教室の中から阿鼻叫喚《あびきょうかん》の声が聞こえてくる。

「きゃー、いやー！」

「やめてくれー、もう聞きたくなーい！」

「心が折れる。心が、心がー！」

悲痛な叫び。そして、その悲愴《ひそう》感を生み出している原因の声も聞こえてくる。

「志望校、合格率二〇％！」

「E判定の確率八〇％！」

「A判定が出る確率三％！」

ズバリ、ズバリとまるで未来を断言するかのように、声の主は叫んでいる。みんなが教室から飛び出してくる。オレはみんなの避難を優先した後、教室の中に入った。

「邪魔者が入ってきた確率一〇〇％！」

サイコロ頭のヴィラン「カクリーツ」がオレを指差してそう宣言した。

「ワタシに負ける確率、一〇〇％！」

「そもそも相手にすらならない確率、一〇〇％！」

カクリーツは好き勝手なことをまくしたててくる。

「うるさいな！　そんなのやってみないとわかんないだろ！」

「そうかな？」

右斜め後ろからぼそりと聞き覚えのある声がした。

「真面!?　どうしてここに？」

「それは、こっちのセリフだよ、落瀬くん」

それはそうだ。ここは真面が通っている予備校だった。むしろ、オレのほうが部外者だし、カクリーツと同じくらい突然の来訪者だ。

「なんで逃げなかったんだよ!?」

カクリーツは暴力に訴えるタイプのヴィランではないが、それでも相手に心の傷を与えてはくる。危険がないわけではない。

「いや、ちょっと考えごとしててさ」

こんな状態で何を考えるというんだ。避難一択。それこそカクリーツじゃないけれど「一〇〇%逃げるべき状況」だ。

「なんで、あいつは未来を確率でしか当てられないんだろ?」

「え?」

真面が疑問に思っている意味がわからない。

「だってそうだろ。全部が一〇〇%の予言なら、そもそもパーセントで表す必要がない。でもあいつは敢えて一〇〇%と言うし、中には八〇%とか七〇%とか中途半端な予言もあった」

「それのどこがおかしいの?」

七割、八割未来を当てられるというのなら、それは十分にすごいチカラではないだろうか。少なくともオレはそう思って「やった、最強の予知系キャラができた」と、カクリーツを思いついた瞬間は興奮したものだ。

「八〇%や七〇%の予言だって、逆をいえば二〇%や三〇%の確率ではずれるってことだろ。さっきなんて五〇%の予言とかしてたよ。それって、もう確率としては五分五分ってことだよ」

真面に冷静に説明されると、確かにカクリーツの予知はそこまで万能でも脅威でもないのかもしれない。

「でも、もし本当に未来が見えるなら、僕も聞いてみたかったんだ」

そう言って、真面はスタスタとカクリーツの前に歩み寄っていく。

「お、おい！」

オレが呼び止めるよりも早く、真面は質問をしていた。

「僕が、東大に受かる確率は？」

「おまえが、東大に受かる確率は、一〇%！」

即座にカクリーツが答える。

「おい！　そんなわけあるか。真面はうちの学年一の成績なんだぞ。一〇%なわけあるか！」

オレは真面がショックを受けてないか心配しながら、カクリーツに抗議した。

「いや、一〇%はいいとこついていると思うよ。そうか、でも一〇%もあるのか」

後半は独り言のようにぶつぶつと口の中で喋る真面。いったい何がしたいのか。

「じゃあ、僕が医者になれる確率は?」

「おまえが医者になれる確率は三%だ!」

またも即座に返すカクリーツ。しかし、その確率はさっきより低い。

「じゃあ、質問を変えるよ。僕が医者に『なる』確率は?」

オレにはさっきの質問と同じものに思えた。そして、カクリーツもそう思ったようだ。

「さっきも言ったろう! おまえが医者になれる確率は三%だ!」

三本指を立て、カクリーツは胸を張って答えた。

「なんだ、やっぱり違うのか」

真面はそう言うと、メガネをクイと指でかけ直した。メガネキャラだけができる決めポーズだ。

「僕は、医者に『なる』確率を訊いたんだ。『can』じゃなくて、『be』。わかるかな、この違い?」

「え? え? え?」

オレは真面が何を言っているのかわからず、戸惑ってしまう。カクリーツも同じようにオロオロしている。

「残念ながら、僕は医者に『なる』つもりなんてさらさらない。つまり確率はゼロ％だ」

そう言って、ビシッとカクリーツに向けて指をさす。

「お、お、お、お」

自身の予知がはずれたことにショックを受けたのか、カクリーツはその場に崩れ落ちた。身体も少しずつ薄くなっていく。まさか、Ｒｉｓｉｎ'でもオレでもなく、メガネの秀才、真面がヴィランをやっつけてしまうとは。

「あ！　消えちゃうの？　ちょっと待ってよ。まだ訊きたいことがあるんだよ」

そう言うと、真面はいまにも消え入りそうなカクリーツに駆け寄ると、耳元でそっと何かを訊いていた。そして、その質問に、カクリーツも最後の力を振り絞って何かを答えていた。あまりにか細い声でオレには聞こえなかったが。

直後。頭のサイコロを残してカクリーツの身体が消えた。残ったサイコロ部分もすぐに蒸発するように消えてしまった。

「そうか」

真面は最後に何を訊いたのか。少し寂しそうな顔をしながら、自分のカバンを探して肩にかけた。参考書が十冊は入っているのではないかと思われる分厚いショルダーバッグ。

「もう、今日は模試も中止だね」

そう言って、教室を出ていく真面。

「あ、おい！　ちょっと待てよ」

オレはスケッチブックに「カクリーツ」のページが戻っていることを確認すると、すぐに真面の後を追った。

「ちょ、ちょっと待てって」

意外に歩くのが速い真面に追いついたのは、駅前エリアを離れた小さな児童公園の前でだった。

「ん、落瀬くん、何か用？」

必死に呼びかけるオレにちっとも気がついていなかった様子。真面は集中すると、周囲の音が聞こえなくなるタイプのようだ。妄想しているときのオレと同じ。

「ちょっと、いいかな？」

オレは真面がカクリーツを倒せた理由と、最後に何を訊いたのか、それを知りたかった。

「ああ、『can』と『be』の話？」

ふたりで公演のベンチに腰掛けたあと、ひとつ目の質問に真面は答えてくれた。

「あれは『できる』か『できない』かなら可能性の確率だから、自分がどうしたいかは関係ない数字になるんだ。一方で、『なる』か『ならない』かは、自身の意志がそこに大きく影響する数字が出るはずなんだ」

オレが首を傾げていると、「雨が降るか降らないかの確率と、その雨のために傘を持っていくかいかないかの確率は違うだろ？」と真面は補足した。

「どっちにしろ、よくわからないけど、カクリーツもそれがよくわかってなかったから混乱してあんなになっちゃったってことだな」

それだけは理解した。

ふたつ目の質問をぶつける。

「最後にあいつになんて訊いたんだ？」

「最後？　ああ、あれか……」

真面がオレから目を逸《そ》らす。

「言いづらいことならいいんだけど」

「いや、あ、確かに言いづらくないこともないんだけど、そうだな、落瀬くんにならいいかな」

オレならいい、の意味がわからない。

「落瀬くん、漫画描いてるだろ？」

「え!?　なんでそれを!?」

真面目《まじめ》な真面が、そして、家で漫画を禁止されている真面が、オレが漫画を描いているることに興味を持っているとは思わなかった。

「後ろから見てると、僕と同じことしてるからね」

そう言って真面は口角を少し上げた。それが笑っているのだと気づくのに、オレは少々時間を要してしまった。

「同じ?」

休み時間に勉強している真面と漫画を描いているオレが同じとはどういうことか。

「勉強?　違うよ。僕も落瀬くんみたいに、自分の好きなものをずっと書いてるだけだよ」

オレの疑問に真面はそう答えた。

「え、そうなの?　じゃあ、真面も漫画描いてんの?」

「いや、漫画じゃないんだ」

真面はすぐに否定すると「僕ね……」と続けた。

「小説家になりたいんだ」

「え!?　小説家?」

思わずオレは聞き返してしまっていた。真面からまさかの職業。まだ、さっきカクリーツと話していたように「医者になりたい」と言ってくれたほうがしっくりくる。
ただ、オレは同時に思い出していた。真面と本屋で遭遇したときのことを。真面は
そのとき『プロット講座』という本を手にしていた。
「あれ、本気だったんだ⁉」
そのときのことを言うと、「なんだ見られてたのか」と一層照れくさそうに、真面
はメガネを外して、ハンカチで拭いた。
「でも、そこまで見てる落瀬くんでも、僕が小説家に本気でなりたいと思っていると
は考えなかったわけだよね？」
「そ、それは……そうかも」
オレは成績学年トップの真面は、いい大学に行って、いい会社に入るものだと思っ
ていた。漫画家や小説家なんて不安定な職業を、かしこいやつが本気で目指すはずが
ないと考えていた。
しかし、それがオレの偏った思い込みであることは、いまハッキリとした。メガネ
を外した真面の瞳はまっすぐで、秘めたるアツい想いが感じられた。
「ごめん」
オレは真面のことを勝手に決めつけていたことを恥じて、頭を下げた。
「……………」

真面の返事がない。声に出せないほど怒っているのだろうか。オレがそっと顔を上げると、真面はメガネを掛け直して、オレの右肩を凝視していた。

「お、落瀬くん。その変な生き物は何？」

「変な」と言われて、ぼろまるが「失礼な！」と反射的に叫んだ。

「う、うわわっ⁉　しかも喋った！」

どうやら真面にもぼろまるが見えているようだった。しかし、オレはもう驚かない。ぼろまるの「次元迷彩」が「想像力」と「創造力」を持っている人間に効きにくいというのは知っていたし、河合と常盤の前例もある。何より、さきほど真面の瞳の中に、「想像」と「創造」への強い想いを見つけていたから。

「もうその次元迷彩、ほとんど機能してないね」

オレは苦笑しながら、ぼろまるに言ったが、聞いてないようだった。

「変なって言うな。可愛いって言って。訂正して！」

よっぽど「変」と言われたことがショックだったようだ。真面に向かって必死の抗議をしている。

オレが簡単にぼろまるの説明と、これまでの経緯を説明すると、真面はすんなりと受け入れたようだった。

「ＳＦ小説書くためのいい経験になるなぁ」

やはり創作を夢にする人間はどこかちょっとズレている。オレは自身の妄想癖も含めて、真面に親近感を覚えていた。

「真面ってさ、どんな小説書いてんの？」

素朴な疑問だった。

「え？　気になる？」

真面がぐいとオレとの距離を詰めてきた。どうやら、何かのスイッチを押してしまったようだ。

「読みたい？　いや、読んでくれる？」

オレの返事を待たずに真面はその分厚いカバンから、これまた分厚い「紙の束」を取り出した。

「これ、最近書き上げたやつなんだ。でも、家族にも見せられないから、誰の感想ももらえなくて」

「ネットに載せるのは怖くて」と真面は付け足す。

「オレでよければ」

ここまで言われて断るわけにもいかない。オレは真面から紙の束を受け取った。

「てっきり、そのカバンには参考書が入ってるんだと思ったよ」

そう言いながらページをめくる。最初は斜め読みをするつもりだった。この厚さだ。

しっかり読んでいたら日が暮れてしまう。

しかし、気づけばオレたちはオレンジ色の光に包まれていた。オレは昼飯をとることも忘れ、ずっと公園で真面の最新作を読み耽《ふけ》ってしまったようだった。

「面白い！」

最後のページを読み終わったあと、オレは心の底からそう叫んでいた。

「ほんとに？」

真面は、小説を読んでいるオレの横にずっと座っていたらしい。

「ああ、なんつうか、すごく刺さった。オレなんかが言うのもおこがましいかもだけど、読むひとを誰でも『主役』にしちゃうすごさがある気がしたよ」

ボキャブラリーの少ないオレだが、真面の作品の面白さに応《こた》えるために、精一杯の熱量を言葉に込めて感想を述べた。

「嬉しいな。最高の褒め言葉だよ」

真面はまたメガネを外した。今度はレンズじゃなくて、自分の目尻をハンカチで拭《ぬぐ》っている。オレはその姿をわざと見ないようにした。クラスメートに泣いてるところを見られるのは恥ずかしいだろうと思ったから。

「うち、僕以外、みんな医者でさ」

メガネを掛け直した真面が語り出した。

「お父さん、お母さんはもちろん、兄さんと姉さんもみんな同じ高校大学を首席で卒業してて」

その高校と大学の名前はオレでも知ってる超がつくエリート学校だった。

「でも、僕、その高校の入試のとき、インフルエンザになっちゃって」

当時を思い出しているのか、哀《かな》しそうにつぶやいた。真面は、その後も交通事故にあったり、手首を痛めたりで第二志望も第三志望も試験すら受けられなかったという。

「なんて運が悪いんだ」

オレは気の毒になっていた。結果として、真面はそこまで偏差値の高くないオレたちの高校に入学することになったという。

「でも後悔はないんだ」

真面の顔に嘘や虚勢はなかった。

「運が悪かったせいで、親が敷いたレールを外れることができた。ずっとやりたかったことができるようになったんだ」

それが小説だったという。なりたくもない医者になる勉強をしなくてよくなった。大学には行けと親には言われているが、将来の仕事まで決めつけてこなくなった。それが、真面には最高に嬉しかったようだ。

「あとは、自分に小説の才能があるかどうかが気になってて」

そのための読者をずっと探していたらしい。

「小説をラストまで書くだけでも、普通のひとじゃ難しいらしいよ」

そこでぼろまるが口を挟んだ。

「そうなの？」

真面が食いついた。

「ああ。だから、信じなよ。自分の才能」

ぼろまるはグッと親指を立てる。

いや、ぼろまるよ。「ラストまで書くだけ」じゃないんだよ、真面の才能は。「ラストまで面白い」才能が確かに真面にはある。

「羨《うらや》ましいよ」

気づけば、オレの口からはそんなセリフが溢《こぼ》れていた。オレの漫画への熱意は真面には及ばない、そんな気がしていた。

だって、オレはただ好きだから描いているだけ。家族とか将来とか、そんな大きなものを相手に「譲れない」気持ちで描いているわけじゃない。

「ありがとう！」

気づけば門限を過ぎていた、と真面はオレたちにお礼を述べて去っていった。

「カクリーツってやつには、『おまえが小説家になれる確率は一〇％だ』って言われて、正直ショックだった。けどまだ九〇％も伸び代《しろ》があるってことだもんね」

嬉しそうに手を振る真面をオレは黙って見送っていた。

「オレが将来漫画家になる確率は？」

独り言だった。それを悟ったのか、ぼろまるも何も言わなかった。

夜の帷《とばり》が降りてきた。そろそろ帰るか。夕食のおかずはなんだろう。唐揚げだったらいいな。オレはどうでもいいことばかり考えて、それらで頭の中を一〇〇％にしようとした。

第二部

夏の思い出

八月。

「ヤバい……FU‐ZINが見つからない」

オレは焦り出していた。ほとんどのキャラはRisin'のおかげもあって七月のうちに「回収」することができていた。

だけど、Risin'最大のライバルであるFU‐ZINの居場所がまったく掴めない。

その理由を、オレはよくわかっていた。

他のヴィランは「トラブルを起こす」ことを前提にキャラ設定している。そのトラブルの解決のためにRisin'が登場して、解決するという流れが基本だ。

勧善懲悪《かんぜんちょうあく》。一話完結。わかりやすい王道ヒーロー漫画がオレは好きなのだ。

だけど、FU‐ZINだけはその設定から敢えて外してつくった。物語の軸であり、伏線であり、最後の敵になりうるように、ただ闇雲にトラブルを起こすのではなく、明確にＲｉｓｉｎ’を倒すために行動するように考えてある。

その方法は、時に執拗《しつよう》に、時に陰湿に、そして、ここぞというときには暴力的に。

Ｒｉｓｉｎ’という絶対的陽キャヒーローを羨み、恨む、絶望的陰キャヴィランこそ、ＦＵ‐ＺＩＮなのだ。

（まるで、オレだな）

ＦＵ‐ＺＩＮを考えたときのオレは「闇堕《お》ち」しかけていたと今だからわかる。中学でぼっちになって、まだそれに心も身体も順応できなくて、ただ、他人を羨み、恨んでいた。

そう。Ｒｉｓｉｎ’がオレの理想であり、憧れを詰め込んだヒーローであるのに対して、ＦＵ‐ＺＩＮは、オレの「負」の部分をさらに煮込んでどろどろにして盛り込んだヴィランなのだ。

ことＲｉｓｉｎ’が嫌がることに関しては、いまのオレでは思いつけないようなことを仕掛けてくる可能性があった。

（いったい、何を企んでいるんだ……）

そんな不安に胸を詰まらせていたそのときだった。

「ちょっと！　友成、これ、あんたの絵じゃないの？」

リビングから母さんの声がする。

「なんだよ、大声出して。それに、オレの絵ってなんのこ……おおおお⁉」

リビングのテレビに映し出されていたのは、紛れもなくオレが描いたキャラ。いや、正確にはそれが具現化したものだった。

「FU‐ZINだ‼」

「ほら、やっぱり、あんたの描いたやつでしょ？」

母さんが「あってたでしょ」と鼻息荒くドヤってくる。

「母さん、勝手にオレの部屋に入らないでって言ってるだろ！」

いや、いまはそこじゃない。

「オレのスケッチブックを勝手に見ないでよ！」

いやいや、そこでもない。

「なんでこんな映像観《み》て、平然としてられるんだよ！」

確かにそうだが、いや、これもなんかズレてる。

「もういいや！」

よくわかんなくなったオレはとりあえず母さんの相手は諦めて、画面に映るFU‐ZINの動向に集中した。

どうやら、海に来ている海水浴客にインタビューをするワイドショーのよくある夏のワンコーナーのようだった。

「おい！　観てるか？　Ｒｉｓｉｎ’！」

戸惑うインタビュアーからマイクを奪って、ＦＵ‐ＺＩＮはカメラに向かって指を差す。

「たったいまからこの海岸のすべての人間が、俺様の人質だ。助けたければ、いますぐ来い！　くくっ。ただ、ここではおまえの必殺技は使えんがな」

「どういうこと？」

肩に乗るぼろまるが訊いてきた。

「ちょ⁉　母さんがいるのに……」

「何よ。わたしがいたらなんなの？」

そうだった。母さんにはぼろまるは見えないんだった。河合たちが見えるようになったからそれが当たり前のように思ってたけど、ぼろまるは普段「次元迷彩」で存在を隠してるんだった。

「なんでもないよ」

そう母さんに返しつつ、小声でぼろまるにＲｉｓｉｎ’が必殺技を使えない理由を説明する。

「海水は電気をよく通すだろ？」

「ああ、そうか」

ぼろまるはすぐに理解してくれた。そうなのだ。Ｒｉｓｉｎ'の弱点はふたつある。ひとつは絶縁体である「ゴム」などでできた敵と、逆に電流を通しすぎてしまう「水場」での戦いだ。

海水浴場なんかで必殺技の「サンダービーム」を放ったら、ＦＵ－ＺＩＮだけじゃなくて、他の海水浴客も稲妻で黒焦げになってしまう。

「じゃあ、どうすんのさ？」

「どうすんのって言われても」

オレだって思いつかなかった展開だ。くそ。悔しいけど、ＦＵ－ＺＩＮのやつ、盛り上がるストーリーを考える才能がある。

「さすがだな」

「感心してる場合か」

ぼろまるにツッコまれたその瞬間だった。テレビ画面の端っこに、よく知る人物が映った。

「ま、まどかちゃん!?」

確かにそこにはまどかちゃんの姿が。ショートパンツに、シースルーのＴシャツ。うっすら透けている水着姿が眩しすぎる。

と、眩しさに目をくらませている場合じゃない。

「どうして、海水浴場にまどかちゃんが⁉」
「ＦＩＮＥで来てたじゃない？」
ぼろまるの言葉に、ハッと夏休み直前の記憶が蘇る。スマホを取り出し、スクロールしてそのときのやりとりと記憶をたどる。
――【夏休み、みんなで遊びに行かない？】
イケメン池谷からの提案だった。
――【ごめーん。うち、バイトあるから、無理かも～】
まどかちゃんの返信に「ため息」顔のスタンプが連続投稿されたあと、
――【バイトっていつものワック？】
陽キャ女子宮崎《みやざき》からの質問。オレは、「まどかちゃんってワックでバイトしてるんだ。どこのワックだろ。今度行ってみよう」と心の中で強く思った。だが、まどかちゃんの返事は「ううん」と否定で始まった。
――【夏だけ、おねいちゃんといっしょに海の家で働くんだ】
そうだ。まどかちゃんは夏休みの間だけ、海にいるんだった。
――【じゃあ、まどかちゃんの海の家に遊びに行こうよ】
これまた池谷からの提案。
――【え～、バイト先に来られるのちょっと恥ずいかも～】

その返しを真摯《しんし》に、そして紳士的に受け止めたオレはもちろん池谷の軽率な提案には乗らなかった。しかし、スマホからテレビに視線を移して愕然《がくぜん》とする。

「池谷⁉　宮崎さん⁉　華山《はなやま》さんもいる⁉　え、河合に常盤も？　嘘だろ、真面もいるじゃんか！　おまえ、予備校はどうした⁉」

ぞろぞろとまどかちゃんのあとをついていくクラスメートたち。みな水着姿で楽しそうに笑っている。

「何よ、うるさいわね。知り合いが映ってんの？　クラスメート？　え、あんた、まさか、誘われなかったの？」

「さ、誘われたよ！　断っただけ」

精一杯虚勢《きょせい》を張るオレを、母さんが気の毒そうな目で見る。やめてくれ。同情するな。恥ずかしい。オレは思わずリビングを飛び出した。

「どうするの？」

自分の部屋に戻るとぼろまるが訊いてきた。

「どうするって……、どうしよう？」

これまでのヴィランはほとんどＲｉｓｉｎ'に任せっきりだった。ただ、今回は完全にＲｉｓｉｎ'に不利な状況。誰かが助けなくては。

「誰が？」

「ぼくらしかいなくない？」

「でも、オレたちの戦闘力じゃ意味ないって言ったのぼろまるでしょ？」

「それでも、Ｒｉｓｉｎ'だけに任せられないって言ったのは友成だよ」

ぼろまるに返されて言葉に詰まる。

「カクリーツとＦＵ‐ＺＩＮじゃレベルが違うんだよ……」

それは、キャラを考え出したオレがいちばんよく知っていた。Ｒｉｓｉｎ'は無敵の存在だが、その強敵《ライバル》として生み出したのがＦＵ‐ＺＩＮだ。オレたちが駆けつけたところで「デコピン」一発で吹っ飛ばされてしまうだろう。

「それでも行くんだよ！」

ぼろまるが語気を強めた。

「友成は、得体の知れない闇ブローカーにも、その身ひとつで立ち向かったじゃないか！」

ぼろまるの言葉がオレの脳と心を激しく揺さぶる。

そうだ。でも、あのときはまどかちゃんを助けなくちゃと必死だった。

「今回だってまどかちゃんが巻き込まれてるじゃないか？」

その通りだった。しかも、今回はまどかちゃんだけじゃない。河合や常盤、真面たちクラスメートもＦＵ‐ＺＩＮの「人質」になってしまっている。

「行かなきゃ！」

「そうこなくっちゃ！」


「あっつ！」

竜宮城のようなカタチをした駅舎を出た瞬間、太陽が暴力的な日差しで襲ってきた。

「あ、磯の香りがする」

海なんて何年振りだろう。思い出せないくらい遠い記憶しかない。

「うわー、広いな〜、大きいな〜」

ぼろまるがまるで童謡の歌詞のような感想を述べている。宇宙人にとって地球の海は珍しいものなのだろうか。

「これが、遊びだったらな〜」

いまさらな後悔が口をつく。

「それは言わないの」

ぼろまるに諌められてしまった。はい、すみません。反省してます。

オレたちは、防波堤の陰に隠れながら、こっそり海岸に近づいた。頭上をかもめとトンビが飛んでいる。

そういえば、この海、よく海水浴客がトンビに食べ物を攫《さら》われるってニュースでやってたっけ。

「海の家で油揚げでも売ってんの？」

「日本のことわざに詳しいな、ぼろまる」

そんな話をしているまさにその瞬間だった。

「あ、ぼろまる⁉」

「いやあぁぁぁああああ‼」

トンビにぼろまるを攫われてしまった。

「ぼ、ぼろまるぅ――‼」

オレは慌ててトンビを追いかける。

「あん？　落瀬じゃねーか？　やっぱりおまえも来たのか」

海岸沿いの歩道で緑色のソフトモヒカン頭とすれ違う。河合だ。

「いや、え～と、そうなんだけど、いまそれどころじゃなくて」

オレは見失わないようにトンビに視線を集中したまま答えた。

「助けてぇぇえええ！」

「げ、あれ、トンビがくわえてんの、ぼろまるじゃねーか。そういうのは早く言えよ！」

河合はオレの背中を「バン！」と叩いて、いっしょに駆け出してくれた。

「待て待て待て待て！」

トンビは海岸の先にある島のほうに向かっていく。「島」と言ってもいまは橋があり、歩いて渡れるようになっている。周囲四キロ、標高六十メートルの小さな島は、この海のもうひとつの観光名所だ。

「おい、常盤！　おまえも手伝え！」

前方から、大きな「たこせんべい」をかじりながら歩いてくる常盤を見つけて河合が叫んだ。

常盤はニット帽の代わりに、ドクロのワッペンを付けた麦わら帽子を被っている。「夏仕様かよ」と心の中でツッコミを入れつつも、オレは常盤に「あれ、ぼろまる」とだけ言って、トンビを指差した。

「うわ、マジじゃん!?　こんなことありえる？」

常盤はそう言って、片手のスマホでトンビの写真を撮り出した。

「いま、そういうのいーから！」

オレが怒ると、「ちげーって」と常盤。

「あのトンビの特徴、写真に残しとこうと思ったんだよ。他のと紛れたらわけわかんなくなるだろ？」

おお、さすが常盤。機転が利いている。オレは怒鳴ったことを謝ると、三人でトンビを追いかけていく。

「くっ、この階段、きっちーな」

この島は頂上に有名な神社があり、鳥居をくぐるとすぐに急な階段道になっている。オレたちは息を切らしながらその階段を駆け登っていく。

「た〜す〜け〜て〜」

幸いなことに、まだぼろまるをくわえたトンビは見失っていない。

「あ、でも、島の向こうに行っちゃいそう！」

オレたちは急いだ。しかし、所詮、空を飛ぶ鳥と地上から見上げるしかない人間だ。追いつけるはずもなかった。

ぼろまるをくわえたトンビは島の向こう側へ。階段ダッシュをしてきたこともあって、オレたちの足はそこで止まってしまった。

「くそーっ！」

オレはがくがくと震える自分の膝を拳で殴った。

「動けよ、動け！　ちっくしょー」

ＦＵ－ＺＩＮを捕まえに来たのに、まさかのトンビにやられてしまうとは。自分の弱さと無力さ、そして運のなさが心底情けなかった。

「落瀬……」

河合が慰めるようにオレの肩に手を置いた。

「すまん、落瀬。さっきの写真見ながら、トンビ見てんだけど、やっぱり見分けつかねーわ」

スマホ片手にずっと空を見上げている常盤が申し訳なさそうに言った。

申し訳ないのは、こっちのほうだ。こんなことに巻き込んでしまって。しかし、オレの口からは無念の叫びしか出なかった。

「ちっくしょー！　ぼろまるぅー!!」

「はーい。呼んだ〜？」

「え？」

ぼろまるの声がして、オレは顔を上げる。

前からぼろまるを肩に乗せた真面が歩いてきていた。

「ぼろまる!?　真面!?」

ふたりの顔を交互に見るオレ。河合と常盤も言葉を失っている。

「どうして真面が？」

「いや、向こうの神社でお参りしてたら、空から落ちて来たんだよ」

トンビがぼろまるは食べ物じゃないってことに気がついたのだろうか。

「なんか、あのトンビ、変なこと言ってたよ」

ぼろまるが常盤からたこせんべいをわけてもらいながら言った。

「ぼろまる、トンビの言うことわかんの？」

「忘れたの？　ぼく、地球外生命体だよ。翻訳機を持ってないわけないいじゃない」

いや、それはそうかもしれないが、まさか人間以外の言葉もわかるとは思わないじゃないか。

「すげえ、さすがぼろまる様！」

常盤は感動して、さらにたこせんべいをぼろまるに「献上」していた。

「で、トンビはなんて？」

「ここまで連れてくればごほうびのソフトクリームもらえるトンビ」

「いや、トンビの語尾、絶対『トンビ』じゃないだろ」

オレはそうツッコんだが、ぼろまるはそれを華麗にスルーした。

「誰かに頼まれたみたいなんだよな」

「いや、誰かって、この海岸にぼろまる以外で鳥と喋れるやつなんて……」

そこまで言いかけて、オレは「あ！」とあることを思い出した。

「風を操るＦＵ－ＺＩＮは、鳥とも話せる設定だった」

「そういう大事なことは早く言えって！」

河合が緑の髪をかきあげながら、大声で叫んだ。河合と常盤と真面には、夏休みのいろいろなトラブルがオレのスケッチブックから抜け出したキャラたちのせいだとは説明してあった。だが、細かな設定まで共有したわけじゃない。

「でも、なんでFU－ZINがわざわざぼろまるを島の頂上まで？」

真面の疑問はごもっとも。

「ぼろまる様や、ぼろまる様の存在を知ってるやつらを海から遠ざけたかったとか……？」

常盤がそう推理する。事実、ぼろまるが見える人間は、ぼろまるを追ってここに集まってしまった。

「でも、なんのために？」

「戦力の分散じゃねーの？」

今度は河合の推理。聞けば自身の経験からくるものらしい。

「中学時代、他校のやつにやられたことあんだよ。ダチたちがだまされて別の場所に行ってるときに、俺だけ囲まれてよ」

なるほど、喧嘩最強の河合に、さらに援護が付かないようにという作戦か。

「まあ、ひとりで全員ぶちのめしてやったけどな」

結局、相手の作戦は失敗したらしい。でも、かなり苦戦したと河合は付け足した。

「でも、ずっとどこかに隠れてたであろうFU－ZINってやつがなんで、僕たちのことを？」

　またまた真面の鋭いご指摘。

「あ、それがさ、え〜とさ……」

　オレはすでに「ある設定」を思い出していたが、それをいま発表することにためらっていた。

「なんだよ、落瀬。言えよ」

　河合に促されて、オレは恐る恐る、その設定をみなに説明する。

「ＦＵ－ＺＩＮには『風の噂』っていって、街ひとつくらいの範囲なら、そこで起きたことを風の力で知ることができるんだ」

「だ〜か〜ら〜！」

　河合に睨まれてしまう。だから、言うの、嫌だったんだ。

「まあ、しゃーねー。ＦＵ－ＺＩＮって野郎の狙いがわかったからには、すぐ海岸に戻んねーと」

　河合の言葉に一同うなずいた瞬間だった。海のほうから、たくさんの悲鳴が聞こえてきた。

「おわっ、なんだあれ!?」

　常盤が指差すほうを見ると、海水浴場に砂嵐が起きている。レジャーシートやパラソルや浮き輪が、その嵐に飛ばされ、宙を舞っている。

「ＦＵ－ＺＩＮだ！」

もう間違いない。オレたちは急いで頂上から下りることにした。


「はあはあはあはあ」

下りといえど、あの数の階段は足にくる。河合以外は、へろへろになりながら、やっとのことで海水浴場に戻ってきた。

「なかなかの嵐だな」

先に着いていた河合が、緑の髪を風でぐしゃぐしゃにされながら言った。

海岸の波打ち際に、ビル三階建てくらいの高さの「竜巻」ができている。砂浜の砂と、海の水を吸い上げ、白と青の渦をつくっていた。

「ブルーハワイとバニラのソフトクリームみたい」

ぼろまるが呑気《のんき》に美味《おい》しそうな感想を述べている。ソフトクリームは、この事態が無事解決したら食べさせてあげるから、いまは目の前の敵をどうするか考えてほしい。

「Ｒｉｓｉｎ’は？」

まだ現れていないみたいだった。テレビでのＦＵ－ＺＩＮの「宣戦布告」を観てなかったのだろうか。いや、観てなくてもＲｉｓｉｎ’には伝わっているはず。

ＦＵ－ＺＩＮの「風の噂」という能力と同様、Ｒｉｓｉｎ'には「以心電心」という、電波に乗った情報を自動でキャッチするチカラがある。

「きっと来る！」

オレはＲｉｓｉｎ'を信じた。しかし、どうやら信じて待ってるだけではダメみたいだった。

「おい！　トモナリ、聞いてるか？」

砂嵐の中から声がする。ＦＵ－ＺＩＮだ。

「おまえが、俺様たちを生み出したんだろ？」

「そ、それがどうした！」

オレは風の音に負けないように大声で叫んだ。

「じゃあ、おまえならＲｉｓｉｎ'を消すこともできるな？」

「そんなことできるわけ……」

言いかけると、耳元でぼろまるが「理論上は可能なんだ」と悲しそうに事実を伝えてきた。

「ふはは！　聞こえたぞ。やはりな」

風に乗ってしまえば、囁《ささや》き声の密談すら隠し通せない。

「だ、だとしても、オレがそんなことするわけないだろ！」

「茂木まどかが人質だとしてもか？」

「ま、まどかちゃん⁉」

「大切なんだろ、あの女が？」

くそ。どこまで知ってるんだこいつは。そして、なんでこんな狡猾《こうかつ》なヴィランにこんな厄介な能力を与えてしまったんだ、オレ。

「おい、落瀬、どうすんだよ。俺たちのヒーローはまだ来ないのか？」

常盤が、飛ばされないように麦わら帽子を必死で掴みながら言った。

「わかんない。でも、Ｒｉｓｉｎ'を待ってたら、まどかちゃんが危ない」

でも、どうすればいいかわからない。頭も身体もビビってしまって動かない。

「うおぉぉおりゃぁああ！」

気づけば、河合が拳を振り上げ砂嵐に向かっていった。

すごい。あんなに即座に行動に移せるなんて。オレは河合のことを改めて尊敬した。

「ぐあぁああ！」

しかし、さすがの喧嘩最強も、ＦＵ‐ＺＩＮのサイクロンには敵《かな》わなかった。風の壁に弾《はじ》き飛ばされる。

「これ、持ってて」

常盤が麦わら帽子をオレに預ける。

「河合の腕力で無理なら、俺たちにはもっと無理ゲーっしょ。少しでも時間稼ぐから、おまえはぼろまる様となんか方法考えろ！」

そう言って、砂嵐に向かって駆けていく常盤。

「じゃあ、僕も」

今度は真面がメガネをオレに預ける。

「おい、真面はオレ以上に、体力ないだろ？」

「でも、好きなひとが人質にされてて、じっとはしてられないだろ」

メガネを外した真面は、池谷にも負けないイケメンに見えた。

「好きなひと……」

真面の言葉が心に突き刺さる。

「オレ、何もできないのか」

「そう、思い込んでるだけじゃないの？」

ぼろまるが言った。

「え？　思い込んでる？」

オレは「キャラ設定《自己評価》」に囚《とら》われすぎているのかもしれない。考えろ、考えろ。いまのオレに何ができるか考えるんだ。

オレは生まれて初めて、自分の妄想力を、自分自身に向けてみた。

「ぼろまる！　いまからオレが描くもの、具現化できる？」

「もちのろん！」

オレはリュックからスケッチブックを取り出す。ほとんどのキャラが戻ってきてるから、残された白紙ページは少ない。

無駄描きはできない。オレは、思いつく限りいちばん強そうな武器を描き上げた。

「いっくよー！」

ぼろまるの合図と共に、スケッチブックがピカッと閃光《せんこう》する。直後、そこからオレの描いた「ランチャー」が現れた。

「くらえ――――!!」

オレは砂嵐目指してランチャーを放った。

「ばしゅううううん……」

見事命中。しかし、嵐の勢いはオレの放った弾を飲み込んでしまった。

「ああ……」

肩を落としかけたそのときだ。

「友成、それは俺の武器だったはずだろ？」

肩に誰かの手がポンと置かれた。顔を上げる。

「Ｒｉｓｉｎ'!?」

そこにはオレの、いや、オレたちの無敵のヒーローが立っていた。

「な、何してたんだよ、こんなことになるまで」

嬉しかった。心から安堵《あんど》していた。でも、オレの口からは非難の言葉が飛び出ていた。

「おまえのせいだよ、友成」

「オレのせい？」

「ヒーローは遅れてやって来るって設定にしたろ」

「ああ！」

思い出した。それが王道ヒーロー漫画だからだ。

「なかなか出て来られなくて、うずうずしてたんだぜ」

Ｒｉｓｉｎ'はそう言うと爽やかに笑った。こんなときなのに。明らかにピンチなのに。いや、もうピンチなんかじゃない。Ｒｉｓｉｎ'が来た時点でこのストーリーはハッピーエンドに向けて舵《かじ》を切った。

「でも、ランチャーを出したのは大正解だったな」

Ｒｉｓｉｎ'が言う。

「ここじゃ、サンダービームは打てないし」

そこまで考えての武器じゃなかったが、結果オーライ。それもまたオーケイ。

「貸しな」

オレから「ランチャー」を受け取ると、Ｒｉｓｉｎ’は思い切り砂浜を蹴り上げた。

踏ん張りが利かない砂なのに、Ｒｉｓｉｎ’は一気にビル三階くらいまでジャンプした。

「いっけ――――!!」

空中で、二段、三段、いや四段ジャンプをして、砂嵐の「真上」まで跳んだ。

「こっからなら、おまえのおつむが丸見えだぜ、ＦＵ‐ＺＩＮ！」

「くっ、Ｒｉｓｉｎ’め！　貴様はチートすぎるんだよ！」

砂嵐の中からＦＵ‐ＺＩＮの憎々しげな叫びが聞こえた。その直後だった。

「ヒーローだからな」

そう言ったＲｉｓｉｎ’が竜巻の「目」となる部分から真下にランチャーを放った。

「ドカ――――ン!!」

砂嵐の中ですごい音がする。同時に竜巻が壊れ、渦となっていた暴風が一気に外側に放たれた。

「ぶふわああああああああ!!」

「うわぁぁあああああ！」

オレたちはその風に吹き飛ばされて、砂浜に倒れた。

「風が止《や》んだ」

起き上がると、目の前にはさっきまでの嵐が嘘のような凪《な》いだ海が広がっていた。

「実は、友成が自分で立ち上がるのを待ってたんだ」

Ｒｉｓｉｎ'が倒れていたオレのところまで戻ってきて、手を差し出す。

「え？」

オレはその手を掴んで起き上がる。

「大切なひとを守りたい気持ち。ちゃんと伝わったぜ」

そう言うと、Ｒｉｓｉｎ'はオレの右胸をポンとパンチすると、すうっと消えてしまった。

「Ｒｉｓｉｎ'!?」

「もう、俺がいなくても大丈夫」

スケッチブックから声がした。開くと、そこにはＲｉｓｉｎ'の姿が。オレたちのヒーローは最後までカッコよかった。

「お〜い！」

沖のほうから声がする。

「まどかちゃん!?」

「ウインドサーフィン」に乗ったまどかちゃんが、ゆったりと穏やかな波に乗って岸まで戻ってきた。

「まどかちゃん、攫われたんじゃ？」

常盤が訊いた。

「え？　攫われた？　誰が？」

まどかちゃんはきょとんとしている。

「うちは、さっき変なコスプレしたひとに『いい風くるスポットあるから』って教えてもらっただけだよ」

変なコスプレしたひと。おそらくFU－ZINだ。

「そういえば」

「なんだよ、またなんか思い出したみたいだな！」

この後に続く言葉を察してか、河合の声に棘《とげ》がある。

「うう。実は、FU－ZINは女の子には滅法《めっぽう》弱くて、ひどいことなんてできないって設定が……」

「「だ〜か〜ら、早く言えっての！」」

河合と常盤と真面が声を揃えてツッコんできた。

「「「はははははっ！」」」

そして、声を揃えて笑った。

「なになに？　楽しそうだね。つか、この四人って仲よかったんだね」

まどかちゃんの言葉に、オレたちは顔を見合わせた。

「「「な、仲よくなんて……」」」

今度はオレも入れて、四人の声が揃う。しかし、その続きは誰も言葉にしなかった。

「かき氷でも食べてく？」

「いいねえ」

河合の同意に、オレたちも賛同してまどかちゃんが働く海の家に向かった。

海で大冒険のあとに、友だちとかき氷。そう、友だちだ。きっと、いや、間違いなく、オレたちは今日友だちになった。

ちょっと前までぼっちだったオレに、最高の夏の思い出ができてしまった。

ただ、そのアツい感動のせいでつい大事なことを忘れてしまっていたんだ。スケッチブックが完全に元通りになってるかどうか、確認することを。

第二部

彼女の悩み

夏休み明け。

「よーっす！　落瀬！」

オレの背中をバーンと勢いよく叩いて河合が席につく。

「お、おはよう。か、河合」

オレは思い切って河合を呼び捨てにしてみた。怒るだろうか。陰キャがヤンキーに敬称を付けないなど、下手したら軽傷どころか重傷ものの行為だ。

「お！　呼び捨て」

河合はすぐに呼び方の変化に気づいたようだった。しかし、怒るどころか「にしし」と笑って「いいね」とつぶやいた。

「ぼろまるも、おはよう」

そしてそのままオレの机の端に腰かけていたぼろまるに挨拶をする。

「オッス！　河合！」

ぼろまるも笑顔で返す。

「おはよー、河合、落瀬」

常盤が「ながらスマホ」で教室に入ってきた。前をまったく見ていないのに、机を器用にかわして窓際の自分の席につく。

「おはようございます」

続いて、真面も登校してきた。珍しい。夏休み前、真面はいつも教室には誰よりも早く来ていたものだが。

「小説投稿の締切が昨日の二十四時だったから」

理由を聞くと真面はそう教えてくれた。どうやら、あまり寝てないらしい。メガネの隙間から指を突っ込んで、眠そうに目をかいている。

「そういえばさ、真面があの島の神社に参った目的って、縁結び？」

河合が振り返って、唐突に訊いた。

確かに、オレたちが必死に駆け上ったあの島には「恋愛成就」で有名なパワースポットがあったはず。

「ち、ち、違うよ！　僕は弁天様に芸事のお祈りをしてきただ、だけでっ！」

真面が取り乱している。

「そのキョドりよう、あやしいな」

河合がからかう。

「つか、芸事の神様なら、目の前にぼろまる様がいんじゃん！　絶対ぼろまる様を拝んだほうがいいって」

常盤がここで初めてスマホから視線を上げて言った。

「ねえ、ぼろまる様？」

「うむ。苦しゅうないぞ」

ぼろまるは調子に乗っている。

「え〜、その変なのが？」

真面はいまだぼろまるを「変なもの」扱いだ。

「変って言うな！　可愛いって言え！」

ぼろまるが叫ぶと、「ぼろまる、可愛いぜー」と河合は両手をメガホンにして叫んだ。

「え？　いいの？」

夏休み前まで、河合は自分が「可愛いもの好き」であることをひた隠しにしようとしていた。クラスメートに聞かれたら、イメージと違うと思われないだろうか。河合に何か心境の変化があったのかもしれない。

そんな会話を四人でしているときだった。

「あ、まどか、おはよー」

教室の後ろのドアのほうで、誰かが挨拶をした。オレはまるで自動追尾システムのようにその「名前」に反応して視線を向ける。

そこには少し日に焼けたまどかちゃんがいた。

(夏休みを越えても、まどかちゃんの可憐《かれん》さに変わりないな。いや、むしろ輝きを増している)

オレはうんうんとうなずいていた。

「おはよー」

クラスメートひとりひとりに挨拶を返していくまどかちゃん。さすがだ。挨拶ひとつ怠らない。千はあるであろうまどかちゃんの魅力のひとつだ。

「おはよー、河合くん」

「うーっす。あ、そのブレスレット、超可愛いね」

まどかちゃんの挙げた右手に、円盤みたいなカタチの「輪っか」がついていた。まどかちゃんがブレスレットをつけているのは初めて見た。ただ、あのブレスレットはなぜだか初めて見た気がしない。

(どこかで見たような……？)

河合と違って小物にもアクセサリーにも興味のないオレが、どこで見たというのだろうか。思い出せない。

それにしても、まどかちゃんのアクセを直接褒めるとは。さっきもぼろまるを褒めてたし。夏休みの一件をきっかけに河合もどこかふっきれたようだ。

しかし、褒められたほうのまどかちゃんはまさかの塩対応。

「え〜、河合くん、アクセとかにも興味あんの〜？」

前は河合のニワトリキーホルダーを褒めていたはずだが、まどかちゃんは少し引き気味の顔をした。

「え、あ、ご、ごめん。イメージ違うよな」

河合がしゅんとしてしまった。

「あ、そうそう！　この前まどかちゃん、お姉さんと双子ダンス動画あげてたでしょ。あれ、バズってたね〜」

河合の落ち込みを察知したのか、常盤が空気を変えようと、別の話題を振った。

「え、あれ見たの？　つか、おねいちゃんのアカウントフォローとかしてないよね？」

さきほどよりさらに引き気味のまどかちゃん。まるで、ネットストーカーにあったかのような言い方だ。

「あ、ご、ごめん。フォローはしちゃったから、すぐ解除しとくよ……」

今度は常盤が肩を落としてしまった。

「なんか、今日のまどかちゃん、変じゃない？」

ぼろまるが耳元で囁く。オレもそう思う。まどかちゃんはこんな反応をする子じゃない。オレが彼女の何を知っているのかと言われると、返す言葉はないが。

「あー、真面くん、もう一限の教科書出してる～。マジメだね～。必死だね～。でも、家族全員、医者だとプレッシャーだよね～」

河合と常盤に引いていたまどかちゃんが、一転、ケタケタと笑いながら真面の顔を覗き込んだ。

「え？　あ、いや。昨日はあまり寝てなくて、予習とかもできてなかったから……」

「出た！　寝てない自慢、この学校でどんだけ百点とったって意味ないのにね～」

やっぱりおかしい。まどかちゃんがまどかちゃんじゃないみたいだ。でも、見た目はどこからどう見てもまどかちゃん。少し日焼けしているところと、右腕にブレスレットをつけているところを除けば、夏休み前となんら変わったところはない。

（ブレスレット？）

オレの脳内「海馬」が「ヒヒーン」といなないた。記憶がバチンと音を立てて蘇る。

（あれ、ＦＵ－ＺＩＮの頭の輪っかだ！）

鬼のように頭に二本のツノを持つＲｉｓｉｎ'に対して、ＦＵ－ＺＩＮは三本のツノを生やしている。その三角形に並ぶツノの真ん中に円盤のような「輪っか」を浮かべているのが、オレの考えたキャラデザだった。

オレは、ここで初めてスケッチブックをカバンから取り出した。ＦＵ－ＺＩＮのページをめくる。

「い、いるよな……」

確かにそこには三本ヅノのＦＵ－ＺＩＮの姿があった。

「あ！　ない！」

そう。ないのだ。三本のツノの真ん中に、確かにオレが描いたはずの「輪っか」が。

「あ〜、やっぱり、落瀬くんって漫画描くひとだったんだ〜。絵、上手だもんね。あんときのやつ、どうしてゴミ箱に捨てちゃったの？」

夏休み前のちょっとした出来事をまどかちゃんは覚えていた。しかし、いまはそのことに感動はできない。なぜならまどかちゃんの目にまったく光がないからだ。

「絵が上手ってだけで漫画家になれるの？　その世界ってそんなに甘いの？」

もうまどかちゃんはオレのほうを見ていなかった。視線は窓の外。いや、もっと遠くを見ているような気がする。

「小説家になるくらいなら、親の敷いたレールに乗って医者になったほうが勝ち組じゃない？　頭いいなら、それくらいわかりそうなもんだけどな〜」

真面のほうを見ずにまどかちゃんが独り言のようにこぼす。

「ゲームクリエイターって、ソシャゲ廃人を量産してるだけでしょ。そのくせ、つくってるほうもエナドリ漬けの廃人っていうじゃない？」

常盤はびっくりして顔を上げるが、何も言い返せない。

「ヤンキーが可愛いもの好きってギャップ狙い？　オタクにやさしいギャルみたいな？　そんな夢みたいな話、ないない。ましてや、ヤンキーがつくったぬいぐるみなんて、可愛いどころか、怖いから」

河合が目を丸くしている。

それはそうだろう。真面が小説家になりたいってことも、常盤がゲームクリエイターを目指してるってことも、河合の夢がハンドメイド作家兼雑貨店経営だということも、本人とオレしか知らない事実だ。

オレに至っては、三人にもぼろまるにも「漫画家になりたい」とは言っていない。自分自身、好きで描いてるだけで、それを将来仕事にしようなんて大それた思いはなかったからだ。

「まどかちゃん、どうしちゃったのさ」

常盤が心配そうに尋ねる。

「なにが～？　うちはいつも通りだけど？　どうかしてるのはみんなのほうじゃな

い？」

　窓の外を見ていたまどかちゃんの目が、オレたち四人を捉える。その瞳は暗く澱《よど》んでいるように見える。とても「ライクア太陽」なまどかちゃんとは思えない。

「まどかちゃん！」

　オレが立ち上がろうとした瞬間だった。

「はい、みんな久しぶり～。夏休み、楽しかったか～」

　先生が教室に入ってきた。

　立っていた生徒たちも自分の席に戻る。まどかちゃんもだ。オレたちはお互いの顔を見合わせながら、ひとつだけ確信していた。

「まどかちゃんがまどかちゃんじゃない」

　ホームルームが終わって、オレたちは何も示し合わせずに特別教室棟の男子トイレに集まっていた。ここなら他のクラスメートに聞かれる心配もないし、何よりまどかちゃんが絶対に入って来られない。

「おい！　どうなってんだよ、落瀬」

　常盤が詰め寄る。いま気づいたが、ニット帽に戻っている。麦わら帽子は夏休みだけの、あるいは海だけの特別仕様だったのかもしれない。

「それが、実は……」

「やっぱり心当たりがあるんだね」

真面の鋭い指摘。オレはスケッチブックをみんなに見せて、FU‐ZINの「輪っか」が消えていることを伝えた。

「その輪っかがなんなんだよ？」

河合も、ほかのふたりも首を傾げている。それはそうだろう。これは、FU‐ZINがRisin'に敗れたときのために用意しておいた反則技的設定だったから。

「FU‐ZINは、あの輪っかのほうが本体なんだ」

「「「はあ!?」」」

三人の声が男子トイレに響き渡る。

「なんだそれ？」

「輪っかが本体ってことは、海で倒したあいつは分身みたいなものってこと？」

「なんでその本体をまどかちゃんが持ってんだよ？」

質問の嵐。いっぺんには答えられない。

「あの輪っかは、FU‐ZINの『核《コア》』みたいなもので……え〜と、どう説明すればいいかな」

「わかった。あの輪っかはスマホのOSみたいなもんだ！」

「いや、え？　どういうこと？」

常盤の「喩え」が逆にオレには理解できない。

「人形に魂を込めたら、髪も伸びるって、あれか？」

「ち、違うよ」

河合の「喩え」は間違っているうえに怖かった。オレはホラー漫画を描いた覚えはない。

「つまり、ＦＵ‐ＺＩＮってキャラは、脳と肉体を分離できる特性を持っていて、その脳となる部分があの輪っかってことだね。しかも、肉体は交換可能」

「うん！　そんな感じ！」

まだちょっと難しいけど、真面の説明がいちばんしっくりきた。河合と常盤も腹落ちした様子。

「じゃあ、茂木はＦＵ‐ＺＩＮに操られてるってことか？」

「そうなんだ」

オレはそう言ってみんなに「ごめん」と謝った。

あの夏の海で、みんなで頑張ってＦＵ‐ＺＩＮを倒したと思ったのに、実際は本体には逃げられていた。しかも、そのことに気づかず「最高の思い出」とかはしゃいで、スケッチブックをちゃんと確認しなかった。

挙げ句の果てに、まどかちゃんが操られることになってしまった。

「本当に、ごめん！」

オレはもういちど頭を下げた。

「落瀬、顔上げろって」

河合が言った。

「起きちまったことは仕方ねえだろ。それに、これで茂木が俺たちの内緒の趣味や夢を知ってたことも、それを否定するようなことを言ってきた理由もわかったしな」

「それな～」

河合の言葉に常盤が同意している。どうやら、ふたりともまどかちゃんに言われたことがショックだったようだ。

「あれは、ＦＵ－ＺＩＮが言わせてたんだよね？」

真面も同じ気持ちのようだ。

「うん。ただ……」

オレはひとつだけ疑問があった。

「ＦＵ－ＺＩＮの輪っかの設定には条件があって。操れるのはＦＵ－ＺＩＮと同じような『陰《いん》』の気を強く持つ者に限るんだ」

そう、まさにオレのような「陰の者」こそ、その対象。だから、あの輪っかでＲｉｓｉｎ'を操ることはできない。王道ヒーロー漫画らしく最後にはＲｉｓｉｎ'が勝利するように設定していたはずだった。

「茂木は、明らかに陽キャだよな？」

「それは間違いないいんじゃやない？」

「異議なし」

その後、三人が声を揃える。

「「「その設定がバグってる！」」」

そうかもしれない。三人に言われると自信がなくなる。何よりオレがまどかちゃんに限って操られることなんてあるはずがないと思っていたから。

「でも、このまま操られ続けるとどうなるんだ？」

「FU－ZINは操った相手の『陰』の気が大きければ大きいほど、チカラを増幅していくんだ。やがて、Risin'をも超えるチカラを手に入れてしまう」

そうオレは設定していた。

「じゃあ、まどかちゃんには『陰』の気なんてほとんどあるはずねぇから、このままほっとけばFU－ZINってやつも干からびるんじゃね？」

常盤がホッとした顔をしている。

「でも、もし落瀬くんの設定のバグじゃなかったら？」

真面の喉がごくりと鳴る。

オレは恐ろしい想像をしていた。Ｒｉｓｉｎ’もスケッチブックに戻ってしまったいま、もしＦＵ－ＺＩＮのチカラが暴走したら。この学校どころか、この街全体が大変なことになってしまう。何より、その強大な負のエネルギーに耐えきれずまどかちゃん自身がどうなってしまうかわからない。

「あの輪っかをまどかちゃんから引き離そう」

「ああ！」

「そうだね」

「力ずくでもな」

オレたちは目を見合わせた。気持ちはひとつ。いざ、教室へ。


「ちょっと、あんたたち、何やろうとしてんのさ！」

オレたちがまどかちゃんを取り囲んで、じりじりとその包囲網を狭めようとしていると、クラスメートの女子たちが目を吊《つ》り上げて怒鳴ってきた。

「い、いや、これには事情が」

オレは話したこともない女子に必死に説明しようとするが、取り付く島もなし。

「うっさい！　いくらまどかが可愛いからって、こんなことするなんて最低よ！」

「サイテー！」

「サイテー！」

「サイテー！」

女子たちの大合唱。

「うっせー！」

その連呼に河合が怒鳴った。しかし、これが逆効果。ヤンキー河合の本当の姿をまだ知らない女子が泣き出してしまった。

「あーあ、泣かした」

今度は女子ではなく、男子の誰かがそうため息をついた。

この一言で一気にオレたちの立場は悪くなっていく。同時に教室を覆う空気もどんどん悪くなっていく。

「友成、なんかヤバい気がする」

ぼろまるがオレに耳打ちをする。

「言われなくても、わかってるって」

「いや、そういう意味じゃなくて」

ぼろまるがそう言った瞬間だった。

「ぶはははははは！　いいぞ、いいぞ、いいぞ。負のエネルギーに満ち溢《あふ》れているぞ！」

まどかちゃんの口からＦＵ－ＺＩＮの声がする。右腕のブレスレット、いや、ＦＵ－ＺＩＮの本体が妖《あや》しい光を放ち始めた。

その紫色の光が一瞬教室全体を照らしたと思った直後のことだった。オレ、河合、常盤、真面以外のクラスメートの目つきが変わった。

いや、目の色が変わった。黒目のない紫色一色の瞳でオレたちを睨んでいる。

「オマエタチハテキダ」

「ワタシタチトハチガウ」

「ユメトカヤリタイコトガアッテイイヨナ」

「ウラヤマシクナンカナイ」

「オレハフツウデイインダ」

「トクベツガエライナンテダレガキメタ」

みな口々につぶやきながら、オレたちのほうににじりよってくる。まどかちゃん、いやＦＵ－ＺＩＮはみんなの背後にまわって「行け、行け、やってしまえ」と嬉々《きき》として指示を出す。

「おい、落瀬、これどうなってんだよ？」

「きっとみんなもＦＵ－ＺＩＮに操られてるんだ。負のエネルギーで強くなったＦＵ－ＺＩＮは操れる対象の数も範囲も増えるんだ」

「また、そういう大事なことを言い忘れて」

常盤に責められるも、いまは謝罪をしている暇はない。

「とりあえず、逃げるぞ」

喧嘩最強の河合でも、クラスメートをなぎ倒すわけにはいかない。オレたちは、まだ完全に囲まれてしまう前に教室を飛び出した。

クラスメートたちが追いかけてくる。

廊下の向こうからは別のクラスの生徒たち。同じように目の色が紫だ。操られているようだった。

「もう学校中のひとがＦＵ－ＺＩＮに操られてるのかも」

「ちょっとちょっと、それって最悪の状況じゃない？」

「せめて先公だけでも、殴って突破するか？」

河合がとんでもない解決策を提案してきた。もちろん却下だ。

「とにかく、捕まらないところに！」

オレたちは、右へ、左へ、廊下を走りながら逃げ続けた。

「いいな、学校という場所は」

どこからともなく風が吹き込んできて、その風に乗ってＦＵ－ＺＩＮの声が聞こえる。

「誰も彼もが負の感情を抱いてやがる」

反論したいが、それどころではない。

「あのまどかという女が特にそうだ」

まどかちゃんに限ってそんなことあるわけない。いつも、笑顔。天真爛漫《てんしんらんまん》。我が校の太陽みたいな存在なんだぞ、彼女は。

「ちっちゃい頃から笑うと『可愛いね』って褒められた。だから、褒められたくていつも笑顔だった」

ＦＵ－ＺＩＮの声が、急にまどかちゃんの声に変わる。

「でも、いつからか、楽しくなくても笑っちゃうようになってた」

まどかちゃんの声に寂しさが混じる。

「何が楽しいのかわかんなくなって、おねいちゃんの真似をするようになった」

ギャルっぽいファッションも、喋り方も、ダンスも、ピンスタグラムも、全部お姉さんの真似だったとまどかちゃんは言った。

「でもひとの真似ばっかりしてたら、自分が何になりたいのかとか、わかんなくなっちゃった」

それはみんなそうだよ、とオレはまどかちゃんに言ってあげたかった。でも、ここにまどかちゃんの姿はない。風に乗って声だけがオレたちに聞こえるのみだ。

「夢のあるひとは羨ましい。他の誰でもない、特別な自分になれるひと、なろうと思ってるひと。眩しくて、もう見てられない」

まどかちゃんがそんなことを思っていたなんて。オレはまどかちゃんこそ、眩しくてまっすぐ見てこられなかった。でも、見てこなかったから、まどかちゃんの本当の悩みに気づかなかったのかもしれない。

オレは激しく反省した。

「この女の劣等感や虚無感はこの学校の誰よりも強かった。こいつの負の感情でオレは最強のパワーを得た。あとは、邪魔なおまえたちを排除するだけだ」

まどかちゃんの声が急にＦＵ－ＺＩＮのものに戻り、恐ろしい宣言をしてきた。

「な、なんで、オレたちを狙うんだ⁉」

「いまこの女が言ったばかりだろ？　俺様たちの世界に勝手に光を差し込んでくるような眩しいやつらはいらないんだよ！」

ＦＵ－ＺＩＮの叫び声と共に、廊下前方から突風が吹いてきた。とてもじゃないが、前に進めない。

オレたちはたまらず廊下を曲がり、階段へ。下からは紫色の目をした体育教師集団が迫ってくる。上に昇るしかなさそうだ。

その結果、オレたちがたどり着いたのは……。

「おい、ここ、屋上じゃねーか！」

「うん、そうだね」

「そうだねって、追い詰められてんじゃん！」

「うん、そうだね」

「落瀬くん、何か策があるんだよね？」

「うん、ないよね」

「「「おい!!」」」

この三人、本当に息が合うようになってきたな。オレがそんな呑気なことを思っていると、鍵をしめたはずの屋上のドアが「ガコン」と音を立てて、壊されてしまった。

そこから、わらわらと学校中の生徒や先生が紫色の目をして出てきた。

「これ、ゾンビゲームだったら、もう画面にゲームオーバーって出てるやつ」

常盤が震えながら言った。

「絶体絶命からの生還は物語の王道ですからね。ちょっと待ってください。いまから図書室行って調べてきます。って、あ……」

いつも冷静で賢い真面も混乱している。

「……四十一、四十二、四十三、……さすがにひとりでこの人数と喧嘩したことはないな。腕が鳴るぜ」

鳴らさないでくれ。河合の腕力に頼るわけにもいかないい。

「どうしよう……？」

オレがそうこぼした瞬間、頭の上からＦＵ－ＺＩＮの声がした。

「ふははははは、これでおしまいだな」

振り返ると、そこには学校を見下ろすほどの巨大なＦＵ－ＺＩＮが立っていた。

第二部　ラスボス

目の前には、屋上にいるオレたちが見上げないといけないほど巨大なＦＵ－ＺＩＮ。

「おい、巨大化なんてありかよ⁉」

河合の主張ももっともだ。しかし、オレはＦＵ－ＺＩＮのサイズに関しては設定書に書いていなかった。書き忘れたのか、敢えてだったか。どちらにせよ、ＦＵ－ＺＩＮを思いついたときのオレを恨むしかなかった。

「どうする？　さすがにアレは無理じゃね？」

常盤も諦めモードだ。ただ、そう言いながらもスマホのカメラでＦＵ－ＺＩＮを撮ろうとしている。条件反射なのか、何か作戦でもあるのか。どちらにせよ、いつか常盤の写真フォルダを見せてもらいたい。

「あ！　あれ見て」

真面がＦＵ－ＺＩＮの頭上を指さす。なくなっていたはずの「輪っか」がＦＵ－ＺＩＮの頭に戻っていた。その輪っかの中心には、紫色の怪しい光に包まれた状態で浮かんでいる可憐な少女。

「ま、まどかちゃん!!」

オレの声に反応しない。どうやら意識を失っているようだ。

「ふははは。最初はこの女の身体を乗っ取ってやるつもりだったが、こいつの膨大な負のエネルギーで俺様は再び具現化できた。それだけじゃないぞ。巨大化することまでできた！　ふはふは、ふはははははっ！」

ＦＵ－ＺＩＮの笑いが止まらない。

オレはぼろまるの顔を見る。どうしてそんなことが起こりえるのか。そもそも、具現化はぼろまるにしかできないんじゃないのか。

「ぼくは、単にスケッチブックの『絵』を具現化したんじゃない。友成の想像と創造を具現化したんだ。友成の中で、ＦＵ－ＺＩＮに対して何か特別な想いがあったんじゃないの？」

「オレが？　ＦＵ－ＺＩＮに？　特別な想い？」

ヴィランキャラ、しかも、Ｒｉｓｉｎ’のライバルだ。強敵にはしたかったが、それもあくまで物語を盛り上げるためだ。ＦＵ－ＺＩＮだけに特別な思い入れがあったわけじゃない。

「……いや、待てよ……、そういえば……」

オレの中で封じ込めていたはずの記憶の蓋《ふた》が開いた。

――必ずヒーローが勝つってのもつまんないよな。

中学時代のオレ。いろいろあってひねくれていた時期。王道ストーリーが大好きだったオレは、その反動なのか、ヴィランばかりを描いていた頃があった。

そのときだ。設定書に書き込んだわけではないが、ヴィランのボスであるＦＵ－ＺＩＮにいろんな「チカラ」を授けた。

「陰の気を持つ人間を操ることができる」

「負のエネルギーを糧《かて》として強くなる」

これはいままさにオレたちの目の前で起こっていることだ。

「負のエネルギーが尽きるまで何度でも蘇る」

「肉体の復活は何度でも、そのサイズ・カタチも変幻自在」

そうだった。オレが最初に生み出した無敵のヒーローＲｉｓｉｎ'に対抗するだけじゃなくて、勝つこともできるチカラを当時のオレはＦＵ－ＺＩＮに追加していたのだ。でも、心の中でだ。

「オレ自身も忘れていたような昔の設定だよ⁉」

「常に何かを妄想している友成の想像力が強すぎて、無意識の中に沈んだものも具現化しちゃったのかも」

ぼろまるはそう推理するも、それはこの状況の解決には役に立たない。

「いや、そんなことはない！」

ぼろまるは、どこからかギターを出して構えた。

「友成の無意識も影響するってことは、想像を超えた想像を生み出せるってことだ」

「どういうこと？」

ぼろまるの言っていることが理解できない。

「夢を見るんだ」

「は？」

ますます意味がわからない。その間にも紫色の目をした生徒や先生たちが迫ってきている。

「おい、落瀬、ぼろまる。なんか策があるんだな？　じゃあ、ここは俺たちにまかせろ！」

そう言って河合が操られているみんなに向かっていった。

「生き残ったら、ぼろまる様の生歌聞かせてよー」

常盤も駆けていく。そのセリフ、完全にフラグが立っているということに本人も気づいてないようだ。

「僕の計算じゃ一分四十八秒しか持たないから、その間になんとかしてよ」

大事なメガネをオレに預けてイケメンモードの真面も走っていく。でも、その計算、どんな公式で出したんだ。

「友成、ちょっとビリッとするけど我慢ね！」

「え？」

「ジャ――――ン！」

ぼろまるがギターをかき鳴らした。

「ピカッ！」

空に閃光が走る。

「ドガシャ――――ン！」

ゼロコンマ何秒も待たずに稲妻が落ちてきた。どこに。オレにだ。

「うっわ――――――！」

稲妻にうたれたオレ。これで三度目だ。今度こそ死んだ。だって、目の前で、ぼろまるが、人間サイズでギターを弾いている。

「ぼっちぼろまるだ……」

小さなマスコットサイズのぼろまるに慣れすぎてて、こっちのぼろまるの姿に面食らう。

「友成の変身も完了してるよ」

人間サイズのぼろまるが、ギターを弾きながらオレに言う。

「変身？」

オレは思わず自分の手を見る。その手は、生身の人間じゃない。

「これ、Ｒｉｓｉｎ’？」

頭を確認。ツノが二本。

「オレ、Ｒｉｓｉｎ’になってる⁉」

驚き慌てるオレに、ぼろまるが「落ち着いて」と、ギターサウンドを「メロウ」にして説明してくれる。

「友成の無意識の想像があんなＦＵ－ＺＩＮを創っちゃったなら、こっちも無意識の想像で対抗するよ」

確かに、この設定はオレが寝ているときに夢でよく見るもの。夢はまさに無意識の産物。でも、だからってオレがＲｉｓｉｎ’になって直接闘うなんて。

夢の中の『Ｒｉｓｉｎ’』は無敵のヒーローだ。

愛と勇気が友だちで、困ったひとを見過ごせない。西へ東へ、南へ北へ。どこへだって駆けつけて、必殺技を繰り出して、スカッと笑顔で去っていく。

そう。まるでオレとは真逆のヒーロー。オレの妄想がつくり上げた理想のヒーロー。

だから、オレはＲｉｓｉｎ’にはなれない。ずっとそう思ってきた。理想のヒーローになれるのは夢の中だけ。そう思い込んできた。

「いいかい、友成。理想だって想いのひとつなんだ！」

ぼろまるのギターが再び激しいロックサウンドを奏でる。オレの身体にチカラがみなぎってくる。

そうだ。夢の中ではぼっちぼろまるの歌がＲｉｓｉｎ'のパワーをアップさせるんだ。

「いっけ――――――!!」

ぼろまるがそう叫ぶ前に、オレはフェンスを越えて、屋上から跳び出していた。完全に無意識の行動。気づけば、身体が動いていた。

「高っ!!」

グラウンドがはるか下。でも、ＦＵ－ＺＩＮの頭部は目の前だ。

二段、三段、四段ジャンプ。さらに跳び上がってＦＵ－ＺＩＮの頭の上に。

「まどかちゃーん！」

オレは叫んだ。まどかちゃんが目を開けた。オレとまどかちゃんの視線がピタっと交わる。思えば、こんなにまっすぐまどかちゃんと見つめ合うのは初めてかもしれない。廊下で告白したときだって、オレはまどかちゃんのつま先を見つめていた気がする。

（そんなんじゃや、告白なんてうまくいくわけないよな）

いまさらな後悔が頭に浮かぶ。でも、いまはそんなことどうでもいい。Ｒｉｓｉｎ’に変身したオレは、過去は振り返らない。まっすぐ「今」を、そして「明日」を見つめている。

「まどかちゃん!!」

もう一度叫ぶ。

まどかちゃんの目から涙がこぼれる。

「どうしてそんなにまっすぐ生きられるの？　怖くないの？　夢がやぶれたらどうするの？」

まどかちゃんの悲痛な叫び。しかし、この声はまどかちゃん本人からではなく、ＦＵ－ＺＩＮの口から放たれる。

言葉と共に突風が鋭利な刃となってオレを襲う。

「ズパン！」

間一髪、風の刃をかわすも、背中の太鼓が斬られてしまう。

「夢が持てないひとはどうすればいいの？　夢ってどうすれば持てるの？　笑ってるだけじゃ幸せになれないの？」

まどかちゃんの目から次から次へと涙が溢れる。まどかちゃんの頬が濡《ぬ》れるほどに、オレの心が締め付けられる。

「いいんだ、夢なんかあったってなくたって」

オレは叫んでいた。

「想像だって、創造だって、しなくたっていいんだ！」

屋上でギターを弾き続けるぼろまるの姿が目に入る。びっくりした顔をしている。

河合や常盤や真面も、振り返って目を丸くしている。

オレだって無茶苦茶なことを言ってるのはわかってる。オレの想像と創造が生み出したこの状況の中で、オレ自身がそれを否定している。

「いいんだ！　無茶苦茶でいいんだ。想像だって、創造だって、夢だって。もっと、無茶苦茶に考えていいんだよ！」

気づけばまどかちゃんの涙が止まっていた。哀しみの感情を、驚きの感情が凌駕《りょうが》してしまっているようだった。

「生きてるだけで。そう、生きてるだけでオレたちはきっと何かを創造してるんだ！　夢だって、明日だって、この世界だって！」

「うん」

そう小さくつぶやいて、まどかちゃんがうなずいた。小さく、だけど、確かに、オレの想いを肯定した。

だが、それをFU－ZINは許さなかった。

「ウルサイ！　ウルサイ！　ウルサイ！」

空気をも切り裂くような鋭い叫び。ＦＵ－ＺＩＮの目は操られている他のみんなと同じように紫色に染まっている。正気を失っているのだ。

「イラナインダ、ユメモキボウモミライモ。コウカイトザンゲダケガコノセカイノスベテダ！」

これは、過去のオレだ。ぼっちになるきっかけもいま思えば些細《ささい》なことだった。けれど、オレはぼっちの殻に篭《こも》ってしまった。夢も、希望も、未来も、そして、友だちもいらなかった。

「そう思いたかっただけだよな」

心の中から誰かの声がする。

「Ｒｉｓｉｎ’？」

「俺はおまえで、おまえは俺なんだ」

Ｒｉｓｉｎ’の言葉が心に響く。耳にはぼろまるのギターと河合たちの必死の声援が響く。

「愛と勇気とはもう友だちだろ？　ならすることは決まってるよな」

Ｒｉｓｉｎ’の質問に、オレはこくりとうなずいた。

「いけ！　みんなの夢を守るため！」

「ウオ————！」

オレは叫びながら、ＦＵ－ＺＩＮに向かっていった。

サンダーシュート

オレが突っ込んだのは、ＦＵ－ＺＩＮの口の中。

巨大化したＦＵ－ＺＩＮは、いつもの「サンダービーム」じゃ倒せない。それに、上からビームを撃ったら、まどかちゃんに当たってしまう。

思いついた作戦が、中から攻撃することだ。

「巨大化したやつを内側から攻めるのは一寸法師からのテッパンだからな」

「ガー！　ダマレダマレダマレ！」

正気を失って口から烈風を吐き出し続けるＦＵ－ＺＩＮ。オレは身体中に裂傷《れっしょう》をつくりながらも、口の中目がけて突進する。

「入った！」

口から奥へ、奥へと入っていく。

「おまえは⁉」

オレは驚愕《きょうがく》した。そこに「オレ」がいたから。正確には昔のオレ。ＦＵ－ＺＩＮの

「核」は頭上の輪っか。設定書にはそう書いた。しかし、心の奥では、ＦＵ－ＺＩＮの「核」は自分だと思っていたのだ。

「なんで、オレがＲｉｓｉｎ'なんかになってんだよ!?」

昔のオレは目を剝《む》いて怒った。

「Ｒｉｓｉｎ'もオレなんだよ」

オレはそう静かに答えた。

「そんなわけないだろ！　Ｒｉｓｉｎ'は陽キャ。オレは陰キャ。ＦＵ－ＺＩＮがオレの分身のはずだろ！」

昔のオレは涙目になっていた。いや、もうすでに何度も泣いたあとのようだ。目の周りが赤く腫れている。

「ああ。ＦＵ－ＺＩＮもオレだよ」

オレは、そう言って、昔のオレに歩み寄った。

「よせ、くんな！　陽キャが近づくんじゃねー！」

昔のオレは両手をぶんぶんと振り回して、オレを近寄らせないようにした。

構わずオレは前に進む。身体中を殴られるが、痛くはない。そう。もう痛くはないんだ。

オレは、昔のオレを抱きしめた。

「悪かった。もう後悔はしないよ。前を見る。オレはオレを許していいんだって、いまだったら思える」

「ずるいよ。未来のオレばっかり」

そう言って、昔のオレは泣いた。抱きしめていたオレの肩にあたたかい涙が落ちてくるのがわかる。

「ごめん。でも、おまえもこれからだから」

「約束しろよ」

昔のオレは、声に涙をまじらせながら言った。

「何を？」

「絶対夢を叶えるって」

「夢？」

「決まってるだろ」

そう言った瞬間、昔のオレは消えていた。抱きしめていたものがなくなったオレの両腕がしばし宙をさまよってしまう。

「決まってる、か……」

そうぼそりとオレはつぶやいた。

「おーい！　落瀬ぇ！　まだかよ？　こっちはもう限界超えてっぞ！」

外から河合の声がする。ヤバい、忘れてた。

「ウオオオオオオオ！」

オレは両の拳を握りしめ、身体中に力を溜める。

「ビリッ！　ビリビリリ！　ビリリリリリリ！」

電気が集まってくるのがわかる。

「ビリビリリリリリリリリリリ……」

オレの身体が金色に発光する。

「いまだ！」

心の中でＲｉｓｉｎ'が叫んだ。

「サンダーシュート！」

新しい必殺技だった。いま思いついた。いや、想像して創造したのだ。

「ＢｏｏｏｏｏｏｏｏｏｏｏｏｏｏｏｏｏＮ!!」

全方位に放たれた特大の雷でＦＵ－ＺＩＮが、いや、昔のオレは弾け飛んだ。

必殺技を放ったオレも力尽きて、落下する。

薄れる意識の中で、ぼろまるだけがひとり立ち、ギターを鳴らして、決めポーズ。

（カッコつけてんな～）

その後、オレの視界はブラックアウトした。

「落瀬、大丈夫か⁉」

頬をきつめに叩かれて、痛さで目が覚めた。

そこには河合、常盤、真面のホッとした顔。

起き上がると、操られていたひとたちがいない。聞けば、オレより先に目が覚めて、それぞれ首をひねりながら屋上を後にしたという。

「そのへんは、ぼくの星のテクノロジーで、ちょいちょいってね」

ドヤ顔をしているのは、マスコットサイズに戻ったぼろまる。どうやら、記憶を操作したらしい。改めて考えると、この宇宙人、恐ろしい存在だな。

「まどかちゃんは？」

河合たちが屋上の真ん中に視線を向ける。そこには仰向《あおむ》けになって眠るまどかちゃんがいた。

「う、ううん……」

どうやら目覚めたようだ。

「まどかちゃん！」

オレたちは駆け寄ってまどかちゃんを囲んだ。

「あれ？　落瀬くん？　みんな？　うち、どうしてここに？」

　どうやらFU－ZINに操られていたときの記憶はぼろまるが操作するまでもなく消えてしまっているようだ。

「よかった」

　思わず安堵の声が漏れる。

「ねえ、落瀬くん」

「ん？　何？」

　まどかちゃんの視線はオレの顔ではなく、肩の上に注がれている。

「その、小さくてかーいーの、何？」

　ぼろまると、そして、河合たちと目を合わせる。

「「「「もしかして、見えてんの!?」」」」

　全員が声を揃えて大絶叫。

　いや、これは、当たり前のことかもしれない。

　だって、ぼろまるは想像と創造をしているひとには見えてしまう。

　それは、誰でもぼろまるの存在に気づける可能性があるってこと。

　だって、オレたちは、生きてるだけでそれをしてるんだから。

第二部

夢パワー

FU-ZIN事件が落ち着いたある週末。

オレは、河合と常盤と真面と中華街に遊びに来ていた。

「地球のラーメンが食べたい」

そうぼろまるが言い出したからだ。

「ぼろまる様がそう言うなら」

ぼろまる信者の常盤はすぐさま賛同した。

「ラーメンに乗ったぼろまるのマスコットって可愛くね?」

可愛いもの好きの河合は、ぼろまるをモデルにしたマスコット作りにハマっている。

ラーメンバージョンも近いうちにそのシリーズに仲間入りするだろう。

「今度、中華街を根城にした名前のない男の物語を書こうと思ってるんです」

予備校があるはずの真面は、完全に取材モードに入っている。

「やれやれ」

オレはそうため息をついて渋々同行する態度を装っていたが、実はめちゃくちゃ楽しみにしていた。

友だちと遠い街に遊びに行く。そんな経験は初めてだった。前日から眠れなくて、目の下のくまが一層深くなってしまっていた。

それでも、オレたちは川沿いにある遊園地に入ったり、ショッピングモールで買い物をしたりして楽しんだ。中華街に入った頃にはすっかり腹ペコ。

「ちょっと待って。☆五つの店、探すから」

常盤がスマホ二台を駆使して、グルメサイトを検索するが、河合の空腹は限界突破してるらしく「もうどこでもよくね」と、オレたちに意見も聞かずに近くの店に入ってしまった。

【坦鷹亭《タンタカテイ》】

暖簾《のれん》に書かれた店名と、店内に漂う辛味を含んだ空気が、この店のオススメを自然と教えてくれる。

「「「タンタンメンで！」」」

オレたちは席に着くなり、メニューも見ずに注文した。

「はいよ！」

厨房《ちゅうぼう》の奥から威勢のいい声がする。しばらくするとアッツアツのタンタンメンが四つ。湯気まで美味しそうな匂いをさせながら運ばれてきた。

「で、その後どうなのよ？」

常盤がタンタンメンをすすりながら聞いてきた。

「その後？」

「とぼけんなよ。茂木とその後どうなんだって聞いてんの」

「ぶへっ！」

思わず口に含んだ麺を噴き出してしまった。

「ばっ！　汚ねえな！　このやろー」

河合が慌てて新しいおしぼりを取りに行く。

「だって、まどかちゃん、あの日のこと覚えてないし」

「でも、落瀬から話しかけられるようになったじゃん」

常盤の言う通りだった。まどかちゃんの悩みを、そう、本心を聞いてから、ただ可憐で素敵な憧れのひとじゃなく、どこか共感も持てるひととしてオレは思うようになっていた。

だからこそ話しかける勇気も出てきた。

「実は、今日も誘ったんだよね」

「おいおい、なんだよ。ちゃんとやってんじゃん」

おしぼりを取ってきた河合はオレの背中をバンバンと景気よく叩く。

「ふん。僕だって誘おうと思ってたのに」

湯気でくもったメガネを外した真面の顔は悔しそうだ。

「でも、『あ、その日、バイト』って軽く断られちゃった」

三人は「やっぱりな」と半分残念そうに、半分嬉しそうに言った。オレは、断りのセリフのあとに「今度また誘ってね」と言われたことは内緒にしておいた。

そのときの「ライクア太陽」な笑顔を思い出してニヤニヤしていると、オレのスマホが、テーブルを「ブブブ」と震わせた。

「ん？　まどかちゃんから？」

通知を見てすぐにアプリを開く。

【うち、やりたいこと、できたかも】

おお。オレはその一文に感動を覚えていた。

「おい、まどかちゃん、なんて？」

「いや、グループに来てんだから、自分の見なよ」

まどかちゃんからの連絡はいつもＦＩＮＥのグループ。当然、このメッセージもそうだとオレは思っていた。

「来てないよ」

　真面が震えながら、自分のスマホ画面をこちらに向ける。そこには昨夜の池谷の【週末みんなでどっか行かない？】のメッセから誰も投稿してないグループＦＩＮＥのページが。

「へ？」

「どうやら落瀬だけに来たみたいだな～」

　河合はニヤニヤしながら、オレの肩に腕を回してきた。

「ここは、落瀬のおごりかな」

　そう言って、常盤が伝票をオレのポケットに捩《ね》じ込もうとする。

「やめろって」

「マジで⁉」

　そう言って突っぱねるも、今度は真面が無言でその伝票を押し付けてきた。

　オレが戸惑っていると、小鉢《こばち》に分けてあげたタンタンメンを食べていたぼろまるが口を開いた。

「いいじゃん。将来、印税でガッポガッポ稼ぐんでしょ？」

「おい！　ぼろまる！」

　まだ、この三人には内緒にしてたのに。

「なんだよ、印税って？」

河合がオレの首を締め付ける。

「もしかして、漫画家になるって覚悟決めた？」

常盤が「記念、記念」とオレの顔を写真におさめようとスマホを向ける。

「でも、まだまだこれからさ、印税なんてまだ先の先」

真面は少し悔しそうにメガネを指で上げる。

「いや、オレ、この前漫画の公募で賞もらったんだ」

正式発表は昨日あったばかり。今日どこかで三人には伝えようと思っていたのに、変なタイミングになってしまった。

「だから、あのさ、逆にお祝いっていうか……」

オレが伝票を返そうとすると、三人が言葉を失い、目を丸くしていた。

そう、まるで稲妻にうたれたかのように。

【第二部　完】

あとがき

稲妻にうたれました。

しかも、二度も。一度目は「X（旧ツイッター）」のDMで『シカバネーゼ』のノベライズを依頼されたとき（絶賛発売中です。書店で探してみてください）。

そして二度目は、この『おとせサンダー』のノベライズを依頼されたときです。

一般的に作家を担当する編集者はひとつの編集部にひとりです。だけど、ボクの場合はほぼ同時に同じレーベルからふたりの編集者さんに「指名」されました。

これ、本当にすごいことなんですよ。聞けば、特に相談したわけでもなく、たまたま指名が被ったらしいですから。初めて「作家モテ期」がキタと感激しました。

ただ、感激してばかりもいられません。『シカバネーゼ』もそうでしたが、この『おとせサンダー』もたくさんのファンがいる超がいくつもつく名楽曲。さらに『おとせサンダー』はそのMVの世界観やキャラクターも大人気で、まさに「原作」が神レベル。この魅力を損なうことなく文字の世界に起こしていくことの大変さたるや。

安請け合いしてしまったことをすぐに後悔したことをいまでも覚えています。

創造主である「ぼっちぼろまる」さんや、MV原案の「まご山つく蔵」さんにキャラクター原案の「地下」さん「蟹セロリ」さんからもたくさんのアイディアやアドバイスをいただいて、やっとカタチにすることができました。そして、その方々の間を縦横無尽に動いて繋いでくれた担当Mさん。本当に心から感謝しております。

果たしてできあがったこの物語は、ノベライズでは珍しい（？）、二部構成になっています。第一部は原作を忠実再現した小説の世界。音楽と映像の世界に「文字」という新しいエレメントを加えて、より楽曲の解像度を上げてもらえれば嬉しいです。

そして、第二部は第一部の設定・世界観を受けての完全オリジナルです。主人公「落瀬」くんの成長譚に共感し、応援し、いっしょに冒険してくれれば幸いです。

このノベライズを書いている間にもぼろまるさんはどんどんスターダムに。気づけばボクより先に、うちの子どもたちがぼろまるさんの新曲を歌っていたりしました。そんな勢いあふれる「チームぼろまる」の末席に座らせてもらって、改めて恐縮しています。必死にしがみついて、ボクも絶対この恩恵にあずかるんだ！　笑

ますます拡張していく「ぼろまるワールド」をいっしょに楽しんでいきましょう。

さあ、みなさんごいっしょに。

「おとせサンダー！　おこれワンダー！」

おまけ

語尾にアルがつく女の子

「ごっそさんでした！」

元気な声と共に、中華街の知る人ぞ知る名店「坦鷹亭《タンタカテイ》」から四人の少年が出てきた。

緑色の頭、ニット帽、メガネ、そして肩に何かを乗せた男の子。

友だちにしては、バラバラすぎる集団が出ていくのと入れ違いに、今度はひとりの少女が「坦鷹亭」の暖簾《のれん》をくぐる。

「大将！　タンタンメンひとつ！」

店に入るなり、看板商品を注文する女の子。

「あ、違った。タンタンメンを食べにきたわけじゃないアル！」

その女の子は語尾に「アル」をつけて喋る。よく見ると、チャイナボタンのスタジャンを着ていて、この街にもマッチしたファッションをしている。

「大将！　赤ちゃん見せてアル！」

「はあ？　なんでねえちゃん、うちに最近ガキんちょできたこと知ってんだ」

この大将。料理の腕はピカイチなのだが、少々口が悪いのが欠点だ。

「そりゃ、あたしが未来から……って、なんでもないアル」

「変なねえちゃんだな。まあいいか。うちの自慢の跡取り息子を見てやってくれよ」

「大将、話がわかる！　鷹之介《たかのすけ》と大違いアル」

「ん？　名前まで知ってんのかい？」

「あ、え？　あ〜え〜と、あ！　お店の名前に『鷹』がついてるから、もしかしたらそうかもな〜って？　えへへ」

語尾にアルがつく女の子は、語尾にアルをつけずに笑ってごまかした。

「そうよ。店名の鷹の一文字をとって俺が名付けたのよ！」

大将は自慢げに胸を張り、腕を組む。よっぽど我が子を自慢したいらしい。

「ちょっと待ってな」

そう言って、大将は奥から小さな赤ん坊を抱っこして戻ってきた。

「きゃ――――!!　超超超超ぉ〜可愛いアルゥ！」

感激してピョンピョン飛び跳ねる女の子。

「来てよかったアル。鷹之介のやつ、恥ずかしいとか言って、アルバム見せてくれないアルから」

語尾にアルがつく独り言。

「じゃあ、大将、あたし、行くアル」

そう言って女の子はささっと店を出て行った。

「おいおい、ほんとに鷹之介を見に来ただけかい？　タンタンメン食ってきなよ」

赤ん坊を抱っこしたまま、大将が追っかけ店を出る。

「あれ？　もういねえ」

そこに女の子の姿はすでにない。

「キャッキャッ！」

そのとき、大将に抱かれた赤ん坊が楽しそうに笑いながら、空を指差した。

「ん？　鷹之介、お空になんか見つけたのかい？」

大将が空を見上げると、はるかかなたにさっきの女の子らしい背中が。

「ええ⁉」

大将は、慌てて目を擦《こす》り、もう一度空を見る。

そこには秋の空、透き通るような青空が広がっていた。

「気のせい……だよな？」

首を傾げる大将の腕の中で、赤ん坊だけが、嬉しそうに笑い続けていた。


【終劇】

おとせサンダー
～2度目の稲妻～

2024年5月1日 初版発行

著　　者　百舌涼一
担当編集　三上礼奈
発 行 者　野内雅宏
発 行 所　株式会社一迅社
〒160-0022
東京都新宿区新宿3-1-13
京王新宿追分ビル5F

電話:03-5312-6131(編集部)
電話:03-5312-6150(販売部)

発売元:株式会社講談社
(講談社・一迅社)

印刷・製本　大日本印刷株式会社
D T P　株式会社KPSプロダクツ
装　　幀　ナルティス:井上愛理

HOWL Novels

ISBN 978-4-7580-2691-8

Format design:Kumi Ando(Norito Inoue Design Office)
JASRAC　出　2402084-401